KB236287

글누림세계명작선

이방인

알베르 카뮈 소설 선집

국문학 교수들이 추천한
글누림세계명작선

눈부신 태양, 주체적 삶의 의지

이방인

알베르 카뮈 Albert Camus 소설 선집

윤수민 옮김 · 유임하 해설

L'etranger

글누림

차 례

눈부신 태양, 주체적 삶의 의지

이방인

제1부

1.

오늘 어머니가 돌아가셨다. 어쩌면 어제였는지도 모르겠다. 양로원에서 다음과 같은 내용으로 전보가 왔다.

모친 사망, 명일 장례식, 경백.

이것만으로는 언제 어머니가 세상을 떠났는지 알 수가 없었다. 어쩌면 어제였는지도 모르겠다.

양로원은 알제에서 약 80Km 정도 떨어진 마랑고에 있다.

2시에 버스를 타면, 해가 떨어지기 전에 도착할 수 있을 것이다. 그러면 밤을 새고, 아마 내일 저녁에는 돌아올 수 있으리라. 나는 사장에게 이틀 말미의 휴가를 신청했다. 사장은 이유가 분명하니만큼 거절할 수가 없었다. 그러나 좋아하지는 않는 눈치였다. 나는 이런 말까지 덧붙였다.

"그건 제 탓이 아닙니다."

사장은 아무 대답도 하지 않았다. 그때서야 나는 그런 소리는 하지 말았어야 했다고 생각했다. 결국 내가 변명할 필요는 없었다. 오히려 그가 나에게 문상이나마 해주는 게 마땅했다. 아마 모레, 내가 상복 차림을 하고 있는 걸 보면 무슨 말을 하겠지. 지금은 어쩐지 어머니가 죽지 않은 것이나 마찬가지다. 아마 장례식이 지난 다음에야 확정적인 사실이 되어 모두가 더 격식을 갖추게 될 것이다.

2시에 버스를 탔다. 날씨가 몹시 더웠다. 나는 늘 그랬듯이 셀레스트네 레스토랑에서 점심을 먹었다. 레스토랑 사람들은 나를 가엾게 여기어 모두 슬퍼해 주었고, 셀레스트는 나에게 말했다.

"어머니 한 분밖에 안 계신데 오죽하겠소!"

내가 가게를 나올 때는 모두들 문간까지 바래다주었다. 나는 좀 무심하였다고 아니할 수 없었다. 왜냐하면 도중에서야 생각이 나서, 에마뉘엘의 집에 들러 검은 넥타이와 완장을 빌리지 않으면 안 되었기 때문이다. 에마뉘엘은 몇 달 전에 그의 아저씨를 잃었다.

버스를 놓치지 않으려고 나는 뛰어갔다. 그처럼 서두르며 달음박질을 치고 버스에 흔들리고, 가솔린 냄새와 하늘과 길 위에 반사되는 일광 등 그런 모든 것 때문에 아마 나는 잠이 들었던 모양이다. 나는 버스 속에서 거의 내내 자버렸다. 눈을 떴을 때는 어떤 군인의 어깨에 기대어 있었는데, 그는 나에게 웃어 보이며, 먼 곳에서 왔느냐고 물었다. 나는 더 말하기가 싫어서 그렇다고 대답했다.

양로원은 마을에서 2킬로미터쯤 떨어진 곳에 있다. 나는 걸어서 갔다. 어머니를 보려고 하였으나, 문지기가 하는 말이 원장을 만나지 않으면 안 된다는 것이었다. 원장이 바빠서 조금 기다려야만 했다. 그동안 문지기는 줄곧 이야기를 했고, 이윽고 나는 원장을 만났다. 원장은 자기 사무실에서 나를 맞이했다. 레종 도뇌르 훈장을 단, 키 작은 늙은이였다. 그는 맑은 눈초리로 나를 쳐다보았다. 그리고는 내가 내민 손을 붙들고 하도 오랫동안 놓지 않았기 때문에 나는 손을 어떻게 거두어들여야 할지 매우 난처하였다. 원장은 서류를 뒤적이고 나서 말하였다.

"뫼르소 부인은 이곳에 지금으로부터 3년 전에 들어왔었습니다. 의지할 사람이라고는 당신밖에 없었지요."

나는 그가 날 나무라는 것이라고 생각하고 사정 이야기를 하기 시작했다. 그러나 그는 나의 말을 가로막았다.

"변명할 필요는 없어요. 나는 당신 어머니의 서류를 읽어 보았는데, 어머님을 부양하실 수가 없었더군요. 어머님을 돌보아 줄 사람이 필요했지만 당신의 월급은 적었어요. 어쨌든 어머님께선 여기 계시는 게 더 행복했습니다."

"네, 그렇습니다. 원장님"
하고 나는 말하였다.

그는 덧붙였다.

"어머님께는 같은 연배의 친구들이 있었습니다. 그들에게 지나간 옛날이야기를 할 수 있었어요. 당신은 젊어서, 어머님은 당신과 함께 살면 아무래도 많이 적적하셨을 것입니다."

그건 사실이었다. 집에 있었을 때 어머니는 아무 말 없이 나를 바라보기만 하면서 소일했던 것이다. 양로원으로 들어가고 처음 며칠 동안은 가끔 우는 일도 있었다. 그러나 그건 타성 때문이었다. 몇 달 후에는 양로원에서 모셔오겠다고 하더라도, 역시 타성 때문에 우셨을 것이다. 마지막 해에 내가

양로원에 별로 가지 않은 데에는 그러한 이유도 약간 있었
다. 한편 일요일 하루를 모든 시간을 허비해야 하고, 버스
정류장까지 가서 차표를 사 가지고 두 시간 동안이나 여행
을 해야 하는 것이 귀찮기 때문이기도 했다.

원장은 다시 이야기를 계속했다. 그러나 나는 듣는 둥 마
는 둥 하고 있었다. 이윽고 그는 이렇게 말했다.

"물론 어머님을 보고 싶으실 테지요."

나는 아무 대답도 하지 않고 일어서서 방문을 향하여 그
의 뒤를 따랐다. 계단으로 나서며 그는 설명을 하였다.

"시신은 조그만 빈소로 모셔 놓았습니다. 다른 사람들을
자극하지 않기 위해서 그렇게 하는 것입니다. 원내에서 사망
자가 생길 때마다 2, 3일 동안 다른 이들의 신경이 날카로워
져서 거북한 일이 많이 생기기 때문이죠."

우리는 안뜰을 지나갔는데, 거기에는 노인들이 모여 두서
넛씩 이야기들을 하고 있었다. 우리가 지나갈 때는 잠시 말
이 없다가, 지나간 뒤에는 다시 이야기가 시작되는 것이었
다. 마치 재잘거리는 앵무새들의 소리와 같았다. 조그만 집
문 앞에 이르자 원장은 나를 두고 가 버렸다.

"그럼, 저는 가겠습니다, 뫼르소 선생. 언제든지 사무실로
오시면 뵙겠습니다. 장례식은 아침 10시로 예정되어 있습니

다. 밤샘하실 걸 생각해서 그렇게 정했습니다. 끝으로 한 말씀드리겠는데, 어머님께서는 가끔 원우들에게 장례식은 종교장으로 해 주었으면 하는 희망을 생전에 표현하셨어요. 종교장에 필요한 모든 준비는 제가 해놓았습니다. 미리 알려드리는 겁니다.”

나는 원장에게 사례를 하였다. 어머니는 무신론자랄 것도 없었지만, 생전에 종교를 생각한 적이 없었다.

원장은 돌아갔고 나는 안으로 들어갔다. 하얗게 회칠을 하고, 천장엔 유리창이 달린 매우 밝은 방이었다. 의자들과 X자 모양의 틀들이 놓여 있었다. 방 한가운데 있는 두 개의 틀 위에는 뚜껑이 덮인 관이 가로놓여 있었고, 호두 기름을 칠한 판자 위에 대충 박아 둔 번쩍거리는 나사못이 드러나 보였다. 관 옆에 흰 블라우스를 입고 머리에 짙은 빛깔의 수건을 쓴 간호사가 있었다.

문지기가 내 뒤로 들어왔다. 뛰어온 모양이었다. 그는 조금 더듬거리며 말했다.

“입관을 하였습니다만, 고인을 보실 수 있게 뚜껑을 열어드리죠.”

그러면서 관으로 가까이 가려기에 나는 그를 제지하였다. 그가 말했다.

"안 보시렵니까?"

"그만두겠습니다."

나의 말에 그는 말을 끊었고, 나는 그런 소리는 하지 말아야 했을 것이라 느껴져 어색해졌다. 조금 후 그는 나를 쳐다보더니 물었다.

"왜 안 보시려고요?"

나무라는 어조는 아니었고, 그저 이유나 알아보자는 것 같았다. 나는 말하였다.

"글쎄, 모르겠습니다."

그러자 그는 흰 수염을 어루만지면서 나를 보지 않는 채로 말하였다.

"하긴 그러실 만합니다."

푸르고 맑은 그의 눈은 아름다웠다. 얼굴빛은 조금 붉었다. 그는 나에게 의자를 권하더니 자기도 내 뒤에 조금 떨어져 앉았다. 간호사가 일어나 문으로 걸어갔다. 그때 문지기가 나에게 말하였다.

"종기가 나서 저렇답니다."

나는 무슨 말인지 알아차리지 못하고 간호사를 쳐다보았다. 간호사는 눈 밑을 붕대로 감고 있었고 그것이 머리까지 둘러싸고 있는 모습이었다. 코끝 언저리까지도 붕대로 싸매져 있었다. 그래서 얼굴 전체에 흰 붕대만이 보였다.

간호사가 나가자 문지기는 말했다.

"저도 가 보겠습니다."

내가 어떤 몸짓을 하였는지 모르지만 그는 그 자리에서 일어선 채 나가지 않고 있었다. 그렇게 내 등 뒤에 서 있는 게 나로서는 거북했다. 방 안에는 저녁 무렵에 가까운 오후의 아름다운 빛이 가득 차오르고, 말벌 두 마리가 유리창에 부딪치며 윙윙거리고 있었다. 나는 졸음이 오는 것을 느꼈다. 문지기 쪽으로 고개를 돌리지 않고 말했다.

"여기 오신 지 오래 되셨나요?"

"5년 되었습니다."

처음부터 그 물음을 기다렸다는 듯 그는 곧 대답했다.

그리고 그는 수다스럽게 이야기를 시작했다. 마랑고 양로원에서 그가 문지기로 일생을 끝마치게 될 것이라고 누군가 말해 주었더라면 아마 그는 매우 놀랐을 것이다. 그는 예순네 살이며 파리 태생이라고 했다. 그때 나는 그의 이야기를 가로막고 말을 했다.

"그래요? 이 고장 사람이 아니셨군요."

그가 나를 원장실로 안내하기 전에 어머니 얘기를 하였던 게 떠올랐다. 산이 없는 평지에서는, 더구나 이 지방은 몹시 더우니까 속히 매장을 해야 한다고 했었다. 그가 파리에 살았고 파리는 좀처럼 잊히지 않는다고 말한 것도 그때였다. 파리에서는 시체를 사흘이고 나흘이고 두는 수도 있지만 여기서는 서둘러야 한다고 했다. 실감할 겨를도 없이 곧 영구차를 따라가야 한다는 것이었다. 그때 그의 아내가 말했다.

"여보, 그만둬요. 그런 얘기는 할 얘기가 아니에요."

영감은 낯을 붉히며 사과했다. 나는 그들의 대화에 뛰어들었다.

"천만에, 그럴 리가요."

문지기의 이야기는 그럴 듯하고 재미있게 여겨졌다.

조그만 빈소에서 문지기는 그가 극빈자로서 이 양로원에 들어왔다는 말을 하였다. 그는 건장하여 일을 할 수 있으리라고 생각하고, 문지기 자리를 자원하였다는 것이다. 나는 그에게 결국 그도 역시 재원자(在院者)의 한 사람이 아니냐고 지적했더니, 그는 아니라고 했다. 나는 그가 재원자들을 이야기하면서, "그들", "그네들", 또 간혹 어쩌다가는 "늙은 이들"이라는 말투를 쓰는 걸 듣고 놀랐다. 재원자들 중에는 그보다 나이가 많지 않은 사람들도 있었던 것이다. 그러나 그는 그들과 자신이 같지 않다고 말하는 것이었다. 그는 문지기니까 어느 정도 그들에 대하여 권리를 가지고 있었다.

그때 간호사가 들어왔다. 갑자기 땅거미가 내려앉았다. 그리고는 곧이어 밤이 천장 유리창 위에서부터 점점 짙어갔다. 문지기가 스위치를 돌렸을 때 별안간 쏟아지는 불빛 때문에 나는 앞이 캄캄하도록 눈이 부셨다. 그가 식당으로 저녁을 먹으러 가자고 권하였으나 나는 먹고 싶은 생각이 없었다. 그러자 그는 밀크 커피를 한 잔 가져오겠노라고 말했다. 나는 밀크 커피를 매우 좋아하므로 좋다고 했다. 조금 뒤 그는 쟁반을 하나 들고 돌아왔다. 나는 커피를 마셨다. 커피를 마시고 나니 담배가 피우고 싶어졌다. 그러나 어머니의 시신 앞에서 담배를 피워도 좋을지 어떨지 몰라 주저하였다. 생각해 보니 조금도 꺼릴 이유가 없었다. 나는 문지기에게 담배 한 대를 권하고 둘이서 함께 피웠다.

문득 그는 말했다.

"자당님의 친구들도 밤샘을 하러 올 겁니다. 관습이 그러니까요. 의자와 커피를 가져 오겠습니다."

나는 두 개의 전등 중 하나를 끌 수 없겠느냐고 물었다. 담 벽에 반사되는 불빛이 견디기 어려웠던 것이다. 문지기는 그럴 수 없다고 하였다. 전기 가설이 그렇게 되어 있어서 다 켜거나 아주 꺼버리거나 둘 중 하나는 해야 한다는 것이었다. 그 후로 나는 그에게 별로 관심을 두지 않았다. 그는 나갔다가 들어와서 의자들을 늘어놓고 한 의자 위에 커피 주전자와 두 개의 찻잔을 놓았다. 그러고 나서 어머니 쪽으로 가서 나와 마주 앉았다. 간호사는 방구석에서 등을 돌리고 앉아 있었다. 그녀가 무얼 하고 있는지는 보이지 않았으나 팔을 놀리는 것으로 보아 털실로 무엇을 짜고 있다는 것을 짐작할 수 있었다. 방 안은 훈훈하고 열린 문에서는 밤의 그윽한 꽃향기가 풍겨오고 있었다. 커피까지 마시니 몸이 훈훈해져 나는 좀 졸았던 모양이다.

무엇인가 스치는 소리에 눈을 떴다. 눈을 감았던 탓에 방 안의 흰 빛은 더욱 눈부셔 보였다. 내 앞에는 그림자 하나 없었고, 모든 것들의 모서리 하나하나, 곡선 하나하나가 눈 앞에 새겨질 정도로 뚜렷이 드러나 보였다. 그때 어머니의 양로원 친구들이 들어왔다. 모두 여남은 명은 되었는데 그들은 아무 말 없이 그 눈부신 빛 속을 살며시 걸어 들어왔다. 그들은 의자 하나 삐걱거리지 않고 앉았다. 그 순간 그들을 본 것처럼 내가 그토록 자세히 사람을 본 적은 일찍이 없었다. 그들의 얼굴, 옷차림의 사소한 모습 하나까지도 다 눈에 띄었다. 그들은 너무 말이 없어서 이 세상 사람들이라고 믿어지지 않을 정도였다. 거의 모두가 앞치마를 두르고 허리를 끈으로 졸라매어 그들의 두드러진 배를 더욱 드러내고 있었다. 나는 그때처럼 늙은 여자들의 배가 얼마나 커질 수 있는가를 본 적이 없었다. 남자들은 거의 모두 몹시 야위었고 지팡이를 짚고 있었다. 그들의 얼굴에서 눈은 보이지 않고 다만 주름 바탕 한가운데 희미한 빛만 보인다는 게 놀라웠다. 그들이 앉았을 때 거의 모두가 나를 바라보며 이가 다 빠져 버린 입 속으로 입술이 말려 들어간 얼굴들을 어색하게 기울였는데, 그게 나에 대한 인사인지 아니면 그들의 버릇인지는 알 수 없었다. 아마 나에게 인사를 한 게 아닌가 생각한다. 그들이 문지기를 둘러싸고 나와 마주 앉아서 고개를 끄덕거리고 있는 것을 보자, 잠시나마 나는 그들이 날 심판하려고 거기 와 있는 듯한 어처구니없는 생각을 했다.

조금 후 한 여자가 울기 시작했다. 둘째 줄에 앉은 여자였는데, 앞에 앉은 다른 여자에게 가려서 잘 보이지 않았다. 짧은 소리를 잇달아 내며 우는 것이었다. 나에게는 언제까지나 그녀의 울음이 그치지 않을 것처럼 생각되었지만 다른 사람들에게는 들리지도 않는 듯하였다. 그들은 맥없이 우울한 낯으로 묵묵히 앉아 있었다. 모두들 관이나 지팡이, 아니면 무언가를 들여다보고 있거나, 아니면 그저 그 중 한 곳을 응시하고 있었다. 여자는 그냥 울고 있었다. 그렇게 울고 있는 여자가 알지도 못하는 사람이라는 게 좀 이상스러웠다.

나는 그 울음소리가 듣기 싫었다. 그렇다고 울지 말라고 할 수는 없었다. 문지기는 그 여자 쪽으로 고개를 숙이고 무슨 말인가를 하였으나 그녀는 머리를 흔들며 뭐라고 중얼거리더니 또다시 울음을 계속했다. 문지기가 그때 내 곁으로 와서 앉았다. 잠시 아무 말 없이 있더니 내 얼굴을 쳐다보지도 않으며 말했다.

"저 분은 당신의 어머님과 매우 각별하게 지내셨지요. 어머님이 원내에서 유일한 벗이었는데 이젠 그야말로 혈혈단신이 되고 말았다고 저리 슬퍼하는군요."

우리들은 한참을 그렇게 앉아 있었다. 여자의 울음소리는 차츰 사이가 떠졌다. 그녀는 몹시 훌쩍거리더니 마침내 울음을 그쳤다. 졸음은 오지 않았으나 나는 고단했고 허리가 아팠다. 이제는 마주 대하고 있기 매우 거북한 모든 사람들의 침묵이 있을 뿐이었다. 다만 때때로 이상한 소리가 들렸는데, 나는 그게 무슨 소리인지 알 수가 없었다. 알고 보니 그것은 어떤 이들이 볼때기 안쪽을 빨아서 내는 야릇한 입소리였다. 그들 스스로는 그런 소리가 나는 것을 알지 못하는 것처럼 보였다. 각자 깊은 생각에 잠겨 있었기 때문이다. 그들 앞에 놓인 시신은 그들 눈에 아무런 의미도 없는 것처럼 여겨지기도 했다. 지금 생각해 보면 그건 틀린 생각이었던 듯하다.

우리들은 모두 문지기가 따라 준 커피를 마셨다. 그 이후에는 무슨 일이 있었는지 모르겠다. 밤이 지나갔다. 한번 눈을 떠 보았을 때 노인들은 모두 쭈그린 채 잠들어 있었는데, 한 사람이 지팡이를 움켜쥔 손등 위에 턱을 괴고 마치 내가 깨기만을 기다리고 있었다는 듯이 나를 뚫어지게 바라보던 것을 기억한다. 그리고 나는 다시 잠들어 버렸다. 허리의 통증이 더 심해져서 나는 눈을 떴다. 유리창 위로 어느새 날이 새어 빛이 들고 있었다. 조금 뒤 노인 한 사람이 잠에서 깨어나 기침을 하였다. 그는 바둑무늬가 있는 커다란 손수건에 침을 뱉고 있었는데 가래를 뱉을 때마다 토한다기보다는 마치 잡아 뽑는 것처럼 보였다. 그는 다른 사람들을 깨웠고 문지기는 장지로 떠갈 시간이 되었다고 알려 주었다. 그들은 일어섰다. 괴로운 밤샘으로 인해 그들의 얼굴은 모두 부어 보였다. 이건 한편으로 놀라운 일인데, 그들 모두 방문을 나서면서 나의 손을 잡고 악수를 해 주었다. —마치 서로 말 한마디도 주고받지 않은 지난밤이 서로를 매우 친근하고 가깝게 만들어주기라도 한 것처럼.

나는 몹시 피곤했다. 문지기가 그의 방으로 안내해주어 간단히 세수를 할 수 있었다. 그 후 밀크 커피를 마셨는데 맛이 아주 좋았다. 밖으로 나왔을 때는 이미 해가 하늘 높이 떠 있었다. 바다와 마랑고 사이에 있는 언덕 위 하늘로 태양의 붉은 빛이 가득 퍼지고 있었다. 언덕 위로 불어오는 바람은 소금기를 품고 있었다. 또 아름다운 하루가 시작되려는 순간이었다. 오랫동안 교외에 나가지 못했으므로 어머니만 없다면 즐겁게 산보할 수 있겠다는 생각이 들었다.

그러나 나는 정원의 플라타너스 나무 밑에서 기다렸다. 상쾌한 흙냄새를 들이마셨고 졸리지도 않았다. 회사 동료들이 생각났다. 그들은 이 시간이면 회사에 가기 위해 일어날 것이다. 내겐 그게 언제나 가장 어려운 일이었다. 나는 그런 걸 좀 더 생각했으나, 이윽고 집안에서 울려온 종소리에 신경이 쓰였다. 창문 뒤쪽이 소란스럽더니 이내 잠잠해졌다. 해는 좀 더 높이 떠올랐다. 나는 두 발에 햇볕을 쬐기 시작했다. 문지기가 마당을 건너와서, 원장이 나를 부른다고 말해 주었다. 나는 원장실로 갔다. 원장이 하라는 대로 여러 가지 서류에 서명을 했다. 나는 그가 줄무늬 있는 바지에 검은 윗옷을 입고 있는 것을 보았다. 그는 전화기를 손에 들고 나에게 말했다.

"장의사들이 조금 전에 왔습니다. 관을 닫아야겠는데, 그 전에 한 번 더 어머님을 보시겠습니까?"

나는 보고 싶지 않다고 했다. 원장은 수화기 속으로 목소리를 낮추어 명령했다.

"퓌좌크, 인부들에게 일을 시작하라고 하게."

그리고는 장례식에 참석하겠노라는 말을 하기에 나는 그에게 감사의 예를 표했다. 그는 자기 책상 뒤에 걸터앉아 다리를 포개었다. 그는 우리 두 사람 외에 당직 간호사도 참석하게 될 것이라는 말을 덧붙였다. 원칙에 따라 재원자들은 장례식에 참석할 수 없기 때문에 밤샘만 시킨다는 것이었다.

"그건 인정 문제입니다."

그는 말했다.

그러나 특별히 이번만은 어머니와 절친한 친구였던 또마 뻬레라는 노인에게는 장지까지 따라가는 것을 허락하였다고 했다. 원장은 빙그레 웃으며 이렇게 말했다.

"그건 좀 어린애 같은 감정이에요. 그분과 어머님은 떨어져 있는 일이 거의 없었지요. 원내에서는 놀리느라고 뻬레에게 '당신의 약혼자이구려.' 하면 그는 웃곤 했어요. 그렇게 말해 주는 게 그들에겐 좋았던 겁니다. 그러니까 뫼르소 부인이 세상을 떠난 것을 그는 몹시 슬퍼하고 있을 겁니다. 그래서 장례식에 참석하는 걸 허락해야겠다고 생각한 거죠. 하지만 왕진 의사의 권유가 있어서 어젯밤에 밤샘하는 것은 금하였습니다.”

우리들은 오랫동안 침묵했다. 원장은 일어서서 사무실 창문으로 밖을 내다보았다. 문득 그는 말했다.

“마랑고 교부(敎父)님이 벌써 오시네. 좀 빠르시군.”

마을에 있는 교회당까지 가려면 족히 45분은 걸릴 것이라고 그는 알려 주었다. 우리는 내려갔다. 빈소가 있는 건물 앞에는 교부와 어린 아이 둘이 있었다. 어린 아이 중 하나는 향로를 들고 있었는데 교부는 은줄의 길이를 조절하려고 그에게 허리를 굽히고 있었다. 우리가 앞으로 나서자 교부는 몸을 일으켜 세웠다. 그는 나를 “아들”이라 부르면서 몇 마디 얘기를 하였다. 그리고는 안으로 들어갔다. 나도 뒤를 따라갔다. 방 안에는 못이 박힌 관과 인부 네 사람이 있었다. 영구차가 길에서 기다리고 있다는 원장의 말과 함께 기도를 올리기 시작하는 교부의 목소리가 들렸다. 그 후로는 모든 장례식이 매우 빠르게 진행되었다. 인부들은 큰 보자기를 들고 관 앞으로 나섰고, 교부와 그를 뒤따르는 복사 아이들과 원장과 함께 나는 밖으로 나왔다. 문 앞에 모르는 여자가 서 있었다.

“뫼르소 씨입니다.”

하고 원장은 말했다.

나는 그 여자의 이름을 듣지 못하였고, 다만 그녀가 당직 간호사임을 알았을 뿐이다. 그녀는 미소 없이 다소 앙상하고 갸름한 얼굴을 숙였다. 그리고 우리들은 관이 지나갈 수 있도록 비켜섰다. 우리는 인부들을 따라 양로원을 나왔다. 문 앞에 운구차가 기다리고 있었다. 모양이 기다랗고 옻칠을 하여 번쩍거리는 운구차는 연필통을 떠올리게 했다. 영구차 앞에는 십장(什長)이 서 있었다. 그는 괴상한 옷차림을 한 키가 작은 사내였다. 그리고 노인 한 사람이 있었는데 도무지 행색이 어울리지 않는 차림새였다. 그가 뻬레 씨였다. 그는 윗도리가 둥글고 전두리가 널찍한 소프트 모자를 쓰고 있었다. 바지는 구두 위에 덮일 만큼 늘어졌고, 커다란 흰 칼라가 달린 셔츠에 지나치게 작은 검은 넥타이를 매고 있었다. 주근깨가 난 코 밑으로 입술이 떨리고 있었다. 매우 가냘픈 머리칼은 축 늘어져 테두리가 못생긴 이상야릇한 귀 밑으로 흘러내리고 있었다. 창백한 얼굴에 귀만은 선지피처럼 새빨간 게 이상스러웠다. 십장이 우리들에게 자리를 정해 주었다. 교부가 앞장을 서고 다음에 운구차 주위로 네 사람의 인부, 원장과 나, 당직 간호사와 뻬레 씨가 차례로 섰다.

하늘에는 햇빛이 가득했다. 햇볕이 땅 위에 무겁게 내리쬐기 시작하자 어느새 더위는 심해졌다. 길을 떠나기 전에 왜 그렇게 오랫동안 기다렸는지 모르겠다. 검은 옷을 입은 나는 더웠다. 모자를 썼던 노인은 다시 모자를 벗었다. 고개를 조금 돌려 그를 보고 있으려니, 원장이 그에 관한 이야기를 해주었다. 어머니와 뻬레 씨는 저녁마다 간호원과 함께 마을까지 산책을 나가곤 했다고 한다. 나는 주위에 펼쳐진 벌판을 둘러보았다. 하늘 밑으로 보이는 언덕까지 이어져 있는 사이프러스 나무숲, 검붉고 푸른 땅, 드문드문 흩어진 그림 같은 집들을 보면서 나는 어머니의 심경을 알 수 있었다. 그 지방에서 보낸 저녁은 하염없이 서글픈 휴식 시간과도 같았을 것이다. 오늘은 대기에 가득한 햇빛 때문에 눈앞에 어른거리는 풍경이 어쩐지 허탈하고 갑갑했다.

우리는 길을 나섰다. 그 순간 나는 뻬레가 다리를 약간 절룩거리는 모습을 보았다. 운구차가 속도를 점점 높이자 영감은 뒤떨어지게 되었다. 운구차 곁을 따라가던 인부 한 사람도 지금 뒤로 처져서 나와 나란히 걸어가고 있었다. 나는 해가 하늘로 그렇게 빨리 떠오르는 광경을 보고 놀랐다. 이미 오래 전부터 벌판에서는 윙윙거리는 벌레 소리와 바스락거리는 풀잎 소리가 요란스럽게 들려왔다. 땀이 볼 위로 흘러내렸다. 나는 모자를 쓰지 않았으므로 손수건으로 부채질을 해야 했다. 옆에서 걸어가던 인부가 나에게 뭐라고 말을 했으나 나는 듣지 못했다. 그 인부는 오른손으로 모자를 들어 올리고 왼손에 들고 있던 손수건으로 이마를 닦았다. 나는 그에게 말했다.

"뭐라고 하셨지요?"

그는 하늘을 가리키며 되풀이하였다.

"햇빛이 쨍쨍합니다."

"네."

나는 말했다. 조금 뒤 그는 다시 물었다.

"어머님이 돌아가셨어요?"

나는 또

"네."

하고 대답했다.

"연세가 많으셨나요?"

"꽤."

사실은 정확한 나이를 몰라서 그렇게 대답할 수밖에 없었다. 더 이상 그는 말이 없었다. 고개를 돌려 보니 뻬레 영감은 우리 뒤로 50미터쯤 떨어져서 따라오고 있었다. 그는 모자를 벗어 들고 팔을 저으며 걸음을 재촉했다. 나는 눈을 돌려 원장을 보았다. 그는 필요 없는 몸짓은 전혀 없이 매우 점잖게 걷는 중이었다. 이마 위로 땀이 몇 방울 흘러내리고 있었으나, 그는 그걸 닦으려고 하지 않았다.

장례 행렬이 조금 빠르게 느껴졌다. 주변은 모두 햇빛을 머금어 찬란하게 빛나는 벌판일 뿐, 하늘에서 쏟아지는 햇빛을 견딜 수 없을 지경에 이르렀다. 새로 포장한 길을 지나게 되었을 때 강한 햇볕에 아스팔트가 물러져 발이 빠져 번쩍이는 바닥에 자국을 만들었다. 운구차 위로 드러나 보이는 마부의 가죽 모자는 마치 검은 아스팔트 속에 넣어 반죽한 것 같았다. 푸르고 하얀 하늘, 단조로운 빛깔들, 끈적거리고 갈라진 아스팔트의 검은 빛깔, 거무튀튀한 양복 빛깔, 옻칠한 운구차의 색깔들 사이에서 나는 정신이 멍해졌다. 태양, 가죽 냄새, 영구차의 말똥 냄새, 옻 냄새, 향 냄새, 잠 못 이룬 하룻밤의 피로, 이 모든 것이 나의 눈과 머리를 온통 어지럽게 만들었다. 나는 다시 한 번 뒤를 돌아보았다. 구름처럼 드리워진 무거운 공기 속으로 뻬레 영감이 까마득하게 멀리 나타났다가 다시 사라졌다. 두리번거리며 찾았더니 오던 길로 오지 않고 벌판을 가로질러 가는 것이 보였다. 길은 좀 더 가서 구부러져 있었다. 그 지방을 잘 아니까 우리들을 따라잡으려고 지름길로 접어든 것 같았다. 길이 굽은 곳에 이르렀을 때 그는 우리들을 따라잡았다. 그러더니 또 보이지 않았다. 그는 다시 벌판을 가로질러 갔고 그러기를 여러 차레 반복했다. 나는 관자놀이에서 핏대가 뛰는 것을 느꼈다.

그 다음으로는 모든 장례 절차가 빠르고 순조롭게 또 자연스럽게 진행되었으므로 내 기억에는 아무것도 남아 있지 않다. 한 가지 기억에 남은 게 있다면 마을 입구에서 마주친 당직 간호사가 내게 건넨 말이다. 얼굴과는 어울리지 않는 묘한 목소리, 아름답고 떨리는 듯한 목소리로 그녀는 말했다.

"천천히 가면 더위를 먹을 수 있고, 너무 빨리 가면 땀이 나서 교회당 안에 들어서면 오한이 나지요."

그건 사실이었다. 어쩔 도리가 없었다. 그밖에도 그날의 몇 장면이 머릿속에 남아 있다. 가령 뻬레가 마지막으로 마을 근처에서 우리들을 따라왔을 때 그가 짓던 표정. 흥분과 슬픔의 눈물이 그의 볼 위에 반짝거리고 있었다. 주름살 때문에 눈물은 흘러내리지 않았다. 눈물이 맺혔다가 그 쭈글쭈글한 얼굴 위에 옻을 바르듯 물칠을 해 놓은 것 같았다. 또 교회당, 보도 위에 서 있던 사람들, 무덤 위의 제라늄, 뻬레의 기절(마치 무슨 인형이 해체되어 쓰러지는 듯 했다.), 어머니의 관 위로 굴러 떨어지던 붉은 흙, 그 속에 섞여 있던 흰 나무뿌리, 또 사람들과, 웅얼거리는 목소리들, 마을 어느 카페 앞에서 기다리던 일, 끊임없는 엔진 소리, 버스가 마침내 빛나는 알제 시내에 이르렀을 때 이제는 드러누워 실컷

잠을 잘 수 있겠구나 하고 생각하던 순간의 기쁨, 그런 것들
이 떠올랐다.

2

　잠에서 깨어난 후, 내가 이틀의 휴가를 청했을 때 왜 사장
의 안색이 좋지 않았는지 그 이유를 알 수 있을 것 같았다.
　오늘은 바로 토요일이었던 것이다. 나는 그걸 잊고 있었
는데, 자리에서 일어났을 때 그런 생각이 들었던 것이다. 사
장으로서는 당연히 내가 일요일까지 나흘이나 쉬게 될 것을
생각하였을 테고 그 때문에 못마땅했을 것이다. 그러나 어머
니의 장례식을 오늘 하지 않고 어제 한 것은 내 탓이 아니었
다. 어차피 나는 주말은 쉬게 되었을 것이다. 물론 그렇다고
해서 사장의 심경을 이해 못할 바는 아니었다.
　어제 일로 피로했기 때문에 일어나기가 힘들었다. 수염을
깎으며 오늘은 무엇을 할까 생각해 보았다. 해수욕을 가기로
마음먹었다. 나는 항구 해수욕장행 전차를 탔다. 곧 바닷물
속으로 뛰어들 수 있었다. 젊은이들이 많았다. 거기에서 예
전 회사의 타이피스트로 있었던 마리 까르돈나를 만났다. 나

는 그녀에게 마음이 있었다. 그녀 역시 그런 것 같았다. 그러나 조금 뒤에 그녀가 회사를 그만두는 바람에 우리는 만날 기회를 갖지 못했다. 나는 그녀가 부표(浮漂) 위로 오르는 걸 거들어 주었는데 그러다 우연히 그녀의 가슴을 스쳤다. 그녀가 부표 위에서 배를 깔고 엎드렸을 때에도, 나는 그냥 물속에 있었다. 그녀는 나에게로 몸을 돌렸다. 머리카락이 흐트러진 채 웃고 있었다. 나는 부표 위의 그녀 곁으로 기어 올랐다. 왠지 그저 좋았고 희롱이라도 하듯 머리를 뒤로 젖혀 그녀의 배 위에 기대었다. 그녀는 아무 말도 하지 않았고 그래서 나는 그대로 있었다. 온 하늘이 내 눈에 담겼다. 푸른 하늘엔 황금빛이 감도는 듯 했다. 목덜미 아래 나는 여자의 배가 오르락내리락하는 걸 느끼고 있었다. 우리는 살포시 잠이 들어 버렸다. 볕이 너무 뜨거워져서 여자가 바닷물로 뛰어 들어갔고 곧 나도 뒤를 따랐다. 나는 그녀를 따라가서 그녀의 허리를 감고 함께 헤엄을 쳤다. 마리는 줄곧 웃었다. 물가로 나와 몸을 말리는 동안 그녀가 내게 말했다.

"제가 당신보다 더 검어요."

나는 저녁에 영화 구경을 가지 않겠느냐고 물어 보았다. 마리는 웃으면서 페르낭델이 주연한 영화를 보고 싶다고 했다. 옷을 다 입었을 때 그녀는 내가 검은 넥타이를 매고 있는 모습을 보았다. 마리는 매우 놀라는 표정을 짓더니 무슨 일이 있었느냐고 내게 물었다. 나는 어머니가 돌아가셨다고 말했다. 언제 장례식을 치렀느냐고 묻기에 나는 "어제"라고 대답했다. 그녀는 좀 놀라는 눈치였으나 별다른 말은 하지 않았다. 어머님이 돌아가신 건 내 탓이 아니라고 말할까 했으나, 사장에게도 그런 말을 했던 게 생각나고 입을 다물어 버렸다. 그런 말은 해 봤자 무의미했다. 어차피 말이란 약간 틀어지기 마련이다.

마리는 저녁때가 되자 그 모든 일을 다 잊어 버렸다.

영화는 간간히 우습고 너무나 싱거웠다. 마리는 다리를 내 다리에 기대고 있었다. 나는 그녀의 가슴을 어루만졌다. 영화가 끝날 무렵 키스를 한다는 게 약간 서툴게 되고 말았다. 영화관을 나와 그녀는 내 집으로 왔다.

내가 눈을 떴을 때 마리는 없었다. 그녀는 친척 아주머니에게 가야 한다고 말했다. 그날이 일요일이라는 생각이 떠오르자 나는 기분이 그다지 좋지 않았다. 그래서 이불 속에서 몸을 뒤척여 마리가 베개에 남긴 머리카락에서 희미한 소금기를 맡으며 10시까지 잠을 잤다. 그리고는 침대에 누운 채로 12시까지 담배를 피웠다. 나는 여느 때처럼 셀레스트네 레스토랑에 가서 아침을 먹고 싶지는 않았다. 레스토랑 사람들이 여러 가지 질문을 던질 것이 예상되었고, 거기에 일일이 대꾸하기가 싫었기 때문이다. 나는 계란 프라이를 만들어 빵도 없이 접시에다 입을 대고 먹어 치웠다. 빵이 없는 걸 알면서도 사러 내려가기가 싫었다.

아침을 먹고 나니 심심했다. 집안을 어슬렁거렸다. 어머니와 같이 살 때는 적당한 크기의 아파트였다. 그러나 지금 나에겐 너무 크다. 식당 테이블을 내 방으로 옮겼다. 나는 이 방의 약간 찌그러진 의자들과 유리가 누렇게 변한 옷장과 화장대, 구리 침대만 사용하며, 그 틈에서 살고 있을 뿐이다. 그 외에는 모두 내버려둔 채로 있다. 조금 뒤 나는 할일이 없어 오래된 신문 한 장을 집어 들고 읽었다. 크뤼쉘 향염료 광고를 오려 재미있는 기사들을 스크랩 해두는 공책에 붙였다. 나는 손을 씻고 발코니에 나가 앉았다.

내 방은 교외 큰길을 향해 있었다. 오후의 날씨는 좋았다. 그러나 보도는 눅진하고, 행인은 드물고, 간혹 드물게 지나가는 이들의 걸음은 빨랐다. 산책하는 가족들이 지나갔다. 바지가 무릎 밑까지 내려오는 해군복을 입고 풀기가 강한 옷 속에서 어색해 보이는 두 아이, 커다란 리본을 매고 칠피 구두를 신은 소녀, 그 뒤로 자주색 옷을 입은 뚱뚱한 어머니와 키가 호리호리한 사나이, 나도 얼굴을 알고 있는 그의 아버지가 따라갔다. 그는 나비 모양 끈이 달린 밀짚모자를 쓰고 손에는 지팡이를 짚고 있었다. 그의 아내와 함께 그를 보았을 때 나는 동네에서 사람들이 왜 그를 보고 점잖은 사람이라고 하는지 알 수 있었다. 조금 뒤에 교외의 젊은이들이 지나갔다. 모두들 머리에는 기름을 바르고, 붉은 넥타이에, 허리를 조인 윗도리, 수를 놓은 포켓, 코가 네모난 구두 차림이었다. 그들은 시내로 영화를 보러 가는 길인 것 같았다. 그렇기 때문에 일찌감치 길을 떠나 소리 높이 웃으며 전차를 타러 바쁘게 가는 것이었다.

그들이 지나가자 길에는 인적이 끊겼다. 이제 길에는 가게를 보는 주인들과 고양이들이 있을 뿐이었다. 길가에 늘어선 가로수 위로 보이는 하늘은 맑으나 윤기가 없었다. 맞은편 인도에는 담배 가게 주인이 의자를 꺼내 문 앞에 놓고 등받이에 두 팔을 괴고 거꾸로 타고 앉았다. 조금 전에는 사람들로 가득 찼던 전차도 지금은 거의 비어 있었다. 조그만 카페 '피에로'에서는 소년이 담배 가게 주인 옆에서 텅 빈 방안을 쓸고 있다. 아, 그러고 보니 일요일이었다.

나도 의자를 돌려 담배 가게 주인처럼 놓았다. 그게 더 편하게 생각되었다. 나는 담배를 두 대나 연거푸 피우고 나서, 방으로 들어가서는 초콜릿 한 조각을 가지고 창 앞으로 돌아와 먹었다. 하늘은 점점 어두워지고 있었다. 여름철 소나기라도 내리려나 생각했는데 이내 하늘이 밝아졌다. 그래도 구름이 지나가며 비를 약속하는 듯한 빛을 남겨 놓아 거리는 어스름한 상태였다. 나는 오랫동안 하늘을 바라보았다.

5시에 전차들이 시끄럽게 소리를 내며 달려왔다. 야외 경기장에서 발판이며 난간에까지 매달려 있던 구경꾼들을 가득 실어오는 중이었다. 그 다음의 전차는 운동선수들을 싣고 왔다. 손에 든 보스턴백으로 보아 그들이 운동선수임을 짐작할 수 있었다. 그들은 소리를 지르며 결코 패하지 않을 것이라며 있는 힘을 다해 소리 높여 노래를 부르고 있었다. 몇몇 사람은 나에게 손짓을 했다. 그중 한 사람은

"우리가 이겼다!"

하고 나에게 부르짖기까지 했다. 그래서 나는 머리를 끄덕이며 동조하는 표시를 했다. 그때부터 버스들이 몰려오기 시작했다.

해는 조금 더 기울었다. 지붕들 위로 하늘이 불그스레 물드는 저녁이 되자 시가지는 활력이 생겨났다. 거리를 지나는 사람들이 점점 늘어났다. 사람들 속에 섞인 점잖은 영감이 눈에 띄었다. 어린애들은 울상을 짓거나 손목을 잡혀 끌려오고 있었다. 그 뒤로 동네 영화관에서는 구경꾼들이 쏟아져

나왔다. 구경꾼들 가운데 젊은이들이 여느 때보다 굳은 결심이나 한 듯한 몸짓을 보고, 나는 그들이 활극 영화를 구경하고 나오는 것이라 생각했다. 시내 영화관에서 영화를 보고 돌아오는 사람들은 조금 뒤에 오기 시작했다. 그들은 아까보다 다소 신중해 보였다. 아직도 웃고는 있었으나 그것은 이따금 그랬을 뿐, 피로하여 무슨 생각에 잠긴 듯했다. 그들은 맞은편 인도를 서성거렸다. 동네의 젊은 계집애들이 맨머리로 서로 팔짱을 끼고 걸어오고 있었다. 젊은이들이 나란히 서서 그녀들과 마주 지나치며 희롱하자, 여자들은 고개를 돌리며 웃었다. 그 중 내가 아는 몇몇 여자들은 내게 손짓을 하였다.

그때 가로등이 갑자기 켜졌고, 어둠 속에 떠오르던 별들이 문득 흐려졌다. 그처럼 사람들과 시시때때로 빛깔이 바뀌는 인도를 바라보고 있자니 나는 눈이 피곤해짐을 느꼈다. 가로등은 눅진한 보도를 비추고, 전차들은 일정한 간격을 두고, 번쩍거리는 머리카락, 웃음을 띄운 얼굴, 혹은 은장 팔목 시계 위로 불빛을 던졌다. 조금 뒤에 전차들의 간격은 점점 멀어지고 나무들과 가로등 위로 밤이 점점 깊어감에 따라 거리에는 차츰 인기척이 사라져갔고, 마침내 다시 적막해진 길을 고양이가 천천히 건너가는 시각이 되었다. 그때서야 나는 저녁을 먹어야겠다고 생각했다. 오랫동안 의자 등받이에 턱을 괴고 있었기 때문에 목이 좀 아팠다. 나는 빵과 젤리를 사와서, 손수 요리를 해서 선 채로 먹었다. 다시 창 앞으로 가서 담배를 한대 피우려고 했으나, 바람이 차가와 좀 싸늘했다. 창문을 닫고 방 안으로 들어서자, 거울 속에 알코올 램프와 빵조각이 놓인 테이블 모서리가 비치는 걸 보았다. 그때 나는 일요일 하루가 또 지나갔다는 것과 어머니 장례식도 이제 끝이 났다는 걸 떠올렸다. 내일은 다시 일을 시작해야 할 것이다. 그러니 결국 달라진 게 아무것도 없었다.

3

오늘 나는 회사에서 많은 일을 했다. 사장은 친절했다. 그는 내게 너무 피곤하지 않은가 물었고 어머니의 나이를 궁금해 했다. 나는 틀리게 대답하지 않으려고 "한 육십 되셨어요."라고 답했다. 왜 그런지 알 수는 없었으나 사장은 이제는 한시름을 덜어낸 듯한, 그리고 그건 이미 지나간 일이라고 생각하는 듯한 안색이었다.

테이블 위에 선하(船荷) 증권이 산더미처럼 쌓여 있었으므로, 일일이 읽어 보지 않으면 안 되었다. 점심을 먹으러 회사를 나오기 전에 나는 손을 씻었다. 나는 정오가 되어 손 씻는 시간이 좋았다. 저녁때에는 수건이 눅눅해져서 재미가 좀 줄어든다. 온종일 같은 수건을 쓰기 때문에 그럴 수밖에 없었다. 어느 날 나는 이러한 이야기를 사장에게 한 일이 있었다. 사장의 대답은 그건 유감스럽긴 해도 지엽적인 문제라는 것이었다. 점심시간이 조금 지난 12시 반에 운송과에 근무하는 에마뉴엘과 함께 나는 회사를 나왔다. 회사는 바다를 향해 있어서 우리들은 잠시 볕이 뜨겁게 내리쬐는 항구에 정박한 화물선들을 바라보았다. 바로 그때 화물차 한 대가 쇠사슬 소리와 엔진 소리를 요란스럽게 내며 달려왔다.

에마뉴엘이 나에게 물었다.

"저거 탈까?"

나는 달음박질치기 시작했다. 차가 우리를 지나쳐 버리자 우리는 뒤를 따라 달려갔다. 내 눈에는 아무것도 보이지 않고, 기중기(起重機)며 또 다른 기계들, 수평선 위에서 춤추는 돛대, 옆을 지나치는 선체들 가운데서 그저 마구 달리는 육체의 약동을 느낄 뿐이었다. 내가 먼저 발을 붙이고 매달려 가면서 뛰어올랐다. 그리고는 에마뉴엘이 뛰어올라 앉는 걸 도와주었다. 숨이 찼다. 자동차는 부두의 고르지 못한 포장

도로 위로 먼지 자욱한 햇빛 속을 흔들거리며 달리고 있었
다. 에마뉘엘은 허리가 끊어지도록 웃었다.

우리들은 땀을 뻘뻘 흘리면서 셀레스트네 레스토랑에 이
르렀다. 언제나 변함없이 흰 수염을 기른 셀레스트는 뚱뚱한
배에다 앞치마를 두르고 있었다. 그는 나에게

"상심이 많지?"

하고 물었다. 나는 괜찮다고 대답하고 배가 고프다고 말했
다. 나는 얼른 식사를 하고 나서 커피를 마셨다. 그리고는
장례식이 끝나도 집으로 돌아와 술을 너무 많이 마셨던 탓
에 얼핏 잠이 들었다. 잠에서 깨니 담배를 피우고 싶었다.
그러다 시간이 늦어져 전차를 타러 뛰어갔다.

오후에도 나는 줄곧 일을 했다. 회사 안은 몹시 더웠다. 저
녁에 퇴근해서 부둣가를 따라 천천히 걷다가 돌아올 때는 유
쾌하였다. 하늘은 푸르고 마음은 가벼웠다. 그러나 나는 삶은
감자 요리를 준비하려고 곧바로 집으로 돌아왔다.

어두운 계단을 올라가다가 같은 층에 사는 이웃 영감 쌀
라마노 씨와 부딪쳤다. 영감은 개와 함께 있었다. 8년 전부
터 영감과 개는 늘 같이 붙어 있었다. 내가 알기로 그 개는
홍버짐이라는 피부병을 앓아서 털이 거의 다 빠지고 온몸이
벌건 껍질과 헌데 투성이가 되어 있다. 그 개와 함께 조그만

방에서 오랫동안 살아온 탓으로 쌀라마노 영감은 개 모습을 닮아가고 있었다. 그 얼굴에는 불그스름한 딱지가 있고 털은 누렇고 듬성듬성했다. 개가 목을 뻗어 코끝을 앞으로 내민 것은 주인이 허리를 굽힌 모습과 비슷했다. 그들은 아무래도 동일한 족속인지 서로 보면서도 서로를 미워했다. 11시와 6시, 하루에 두 번 영감은 개를 데리고 산책을 나서곤 했다. 8년 전부터 그들은 한 번도 산책로를 바꾸지 않았다. 리용 가두에서 언제나 그들을 볼 수 있는데, 개가 영감을 끌고 가고, 그러다 꼭 쌀라마노 영감의 발부리가 땅에 부딪쳐 버리고 만다. 그러면 영감은 개를 때리며 욕을 했다. 이번에는 영감이 개를 끌고 개는 무서워서 슬슬 기며 끌려간다. 개가 맞은 것을 잊어버리면 다시 앞서 주인을 끌고, 그러면 또 매를 맞고 욕을 먹는다. 그때는 둘 다 멈춰 서서 개는 공포에 떨고, 주인은 화가 나서 개를 노려본다. 매일 똑같다. 개가 오줌을 싸려 해도 영감은 시간을 주지 않고 끌어당겨, 개는 오줌 방울을 찔끔찔끔 흘리면서 따라간다. 어쩌다가 개가 방 안에서 오줌을 싸면 또 매를 맞는다. 그러기를 반복하며 8년이나 된 것이다. 셀레스트는 늘 개가 "가엾다"고 하지만 사실인즉 아무도 영문을 모른다. 내가 계단에서 그를 만났을 때 쌀라마노는 개에게 또 욕지거리를 퍼붓고 있었다.

"빌어먹을! 망할 자식!"

쌀라마노는 야단을 치고, 개는 끙끙거리고 있었다.

"안녕하세요?"

내가 인사를 하였으나 영감은 욕지거리를 계속했다. 그래서 나는 개가 무슨 일을 저질렀느냐고 물었다. 그는 대답이 없었다. 영감은 다만 욕지거리를 계속할 뿐이었다.

"빌어먹을! 망할 자식!"

그는 개에게 몸을 굽히고 있었는데 목걸이 속의 무엇인가를 고쳐 주려 하는 것 같았다. 나는 목소리를 높여 다시 인사했다. 그때야 그는 고개를 돌리지 않고 북받치는 화를 억지로 삼켜 버리듯이 대꾸했다.

"아직도 안 가고 있어."

그리고는 개를 잡아끌고 가 버렸다. 개는 네 발 걸음으로 끌려가면서 끙끙거리는 것이었다.

그때 나와 같은 층에 사는 또 한 명의 다른 이웃이 들어왔다. 동네에서는 그가 여자들을 뜯어먹고 산다고 수군거렸다. 그러나 그에게 직업이 무엇이냐고 물으면

"창고 감독"

이라고 대답을 하는 것이다. 동네에서 그를 좋아하는 사람은 별로 없었다. 그러나 가끔 그는 나에게 말도 걸기도 하고,

내가 그의 말을 잘 들어 주었기 때문에 그는 내 방에 잠깐씩 들어와 앉아 있다 가곤 했다. 나는 그의 이야기가 재미있었다. 사실 그와 말을 하지 않을 하등의 이유도 없었다. 그의 이름은 레이몽 쌩떼스라고 한다. 키는 좀 작았으나 어깨가 벌어지고 코는 마치 권투선수 같다. 옷차림은 비교적 말쑥했다. 그도 역시 쌀라마노 이야기를 했다.

"참 가엾기 짝이 없어요!"

그 꼴을 보면 진절머리가 나지 않느냐고 그가 묻기에 나는 꼭 그렇지만은 않다고 대답했다. 우리들이 계단을 다 올라와서 막 헤어지려 할 때 그는 나에게 말했다.

"제 집에 소시지와 술이 있는데, 같이 한잔 드시지 않겠어요?……."

나는 끼니를 준비하지 않아도 좋을 것이라 생각되어 승낙하였다. 그의 집도 역시 방은 하나밖에 없고, 창문 없는 부엌이 달려 있을 뿐이다. 그의 침대 위에는 불그스름한 석회로 만든 천사상과 운동선수들 사진과 여자 나체 사진이 두서너 장 걸려 있다. 방 안은 더럽고, 침대는 어지럽혀져 있었다. 그는 먼저 석유램프를 켠 다음 호주머니에서 매우 허름한 붕대를 꺼내어 오른손을 싸매었다. 내가 손을 다쳤느냐고 물었더니, 어떤 녀석이 시비를 걸어 와서 그 녀석과 싸움을 벌였다고 했다.

"그건 말입니다. 뫼르소 씨"

하고 그는 나에게 말했다.

"내가 마음이 악해서가 아니라 성미가 급해서입니다. 그 녀석이 내게 '사내라면 전차에서 내려라.' 그러더군요. 나는 '괜히 쓸데없는 소리 말아.' 하고 대꾸했지요. 녀석은 나더러 사내답지 못하다고 합디다. 그래 나는 내려가서 말했어요. '듣기 싫어. 잔소리 마라, 그렇지 않으면 본때를 보여줄 테니.' 그랬더니 '본때는 무슨 본때야?' 하고 녀석이 대꾸를 하더군요. 그래서 한 대 갈겼지요. 그랬더니 나자빠지더군요. 내가 일으켜 주려니까 녀석은 땅에 자빠져서 발길질을 해댔지요. 그래서 무릎다짐을 한 번 하고 두어 번 쐐기질을 했어요. 녀석의 얼굴은 피투성이가 되었어요. 그 녀석에게 '그만큼 경을 쳤으면 됐느냐?'고 물었더니, '그렇다.'고 하더군요."

그런 말을 하면서 쌩떼스는 붕대를 감았다. 나는 침대 위에 걸터앉았다. 그는 다시 말을 이었다.

"내가 싸움을 건 게 아니었어요. 녀석이 버릇없이 굴다가 그랬던 겁니다."

그건 사실이었다. 나는 정말 그렇다고 말했다. 그러자 그는 나에게 그 사건에 관하여 충고를 청하고 싶다고 말했다.

내가 사내다움으로 세상 물정을 잘 알 터이고 자기를 도와
줄 수 있으리라는 것이었다. 또 그는 나와 친구가 되고 싶다
고 했다. 일단 나는 침묵했다. 다시 그는 나에게 자기와 친
구가 되고 싶으냐고 물었다. 내가 괜찮다고 말했더니 그는
흡족해 하는 눈치를 보였다. 그는 소시지를 꺼내서 화덕에다
구웠다. 이윽고 컵, 접시, 스푼, 술 두 병을 늘어놓았다. 그
모든 동작을 하는 동안 서로 아무 말도 없었다. 그러고 나서
야 우리들은 각자 자리를 잡고 앉았다. 그는 먹으면서 이야
기를 시작했는데, 처음에 약간 망설이다가 이렇게 말했다.

"어떤 여자를 알게 됐는데…… 이를테면 내 정부였지요."

그러니까 그와 싸움을 한 사내는 그녀 오빠였던 것이다.
여자의 살림을 그가 대주었다는 말도 하였다. 나는 아무런
대답도 하지 않았다. 그는 곧 덧붙여 동네 사람들이 자기를
뭐라고 말하는지 알고 있지만 양심에 거리낄 게 조금도 없
고 자기는 창고 감독이라고 했다.

"그런데 말입니다."

하고 그는 말했다.

"내가 속고 있었다는 사실을 알게 됐어요."

그는 여자에게 생활비를 대주고 있었다. 손수 여자의 방
세를 치러 주고, 식비로 하루에 20프랑씩 주고 있었다는 것

이다.

"방세가 300프랑, 식비가 600프랑, 이따금 양말 켤레도 사 주고 그래서 한 1,000프랑 들었습니다. 그런데 그년은 일도 않고, 내게 한다는 말이 그걸로는 겨우 입에 풀칠이나 할 수 있을 뿐이어서 내가 대주는 비용으론 도저히 생활을 할 수가 없다고 말하곤 했어요. 그렇지만 나는 이렇게 말했어요. '왜 반나절만이라도 일을 안 하지? 그러면 내 짐도 퍽 덜어지겠는데, 이 달에 필요한 건 모두 사 주었고 하루에 20프랑씩 용돈도 주고 방세도 대신 치러 주었어. 넌 오후에 친구들과 커피도 마시잖아? 네 친구들에게 커피와 설탕을 바치는 건 너이지만, 돈은 내가 내잖아. 난 네게 잘해 주었는데, 넌 내게 그렇지 않단 말이야.' 그래도 그년은 일은 하지 않고 생활할 수가 없노라고 그냥 고집을 부리고 있었어요. 그러던 끝에 내가 속고 있었다는 사실을 알게 된 겁니다."

그는 여자의 핸드백에서 복권 한 장을 발견했는데, 여자가 그걸 어떻게 샀는지 설명하지 못했다는 이야기를 했다. 조금 뒤에는 여자 방에서 전당포 쪽지를 한 장 발견하였고, 그걸 보면 팔찌 두 개를 저당 잡힌 게 분명하다는 것이었다. 그때까지 그는 그 팔찌가 있는 줄도 몰랐다는 것이다.

"난 속고 있었다는 걸 확실히 알았어요. 그래서 그 여자와 관계를 끊었습니다. 그러기 전에 우선 그년을 때려 주었습니다. 그랬더니 모두 사실대로 이야기를 했습니다. 그년이 바라는 건 그저 그걸 하는 재미뿐이더군요. 아시겠어요? 뫼르소 씨, 나는 그년한테 '네가 내게서 받는 행복을 사람들은 부러워하지 않는가 말이야? 좀 있으면 지난날의 행복을 알게 될 테니, 두고 보라구.' 하고 말해 줬지요."

그는 피가 나도록 여자를 때렸다. 그전에는 여자를 때린 적이 없었다고 했다.

"손찌검 한 적이 없었다고는 할 수 없지만, 그래봤자 다정스럽게 툭툭 건드리는 정도였지요. 그러면 그년은 소리를 지르곤 했어요. 나는 문을 닫아 버리고, 결국은 늘 똑같이 끝나곤 했어요. 그렇지만 이번엔 본격적이었습니다. 나로서는 그년에게 좀 더 벌을 주어야 했어요."

그러더니 그는 그렇기 때문에 내 충고가 필요하다고 설명했다. 그리고는 그을음을 내뿜는 램프의 심지를 조절하려고 일어섰다. 나는 줄곧 그의 이야기를 듣고 있었다. 술을 거의 한 병이나 마셨기 때문에 관자놀이가 몹시 달아올랐다. 나는 담배가 떨어졌기 때문에 레이몽의 담배를 피웠다. 마지막 전차들이 지나갔다. 전차가 지나가면서 아득하게 들리는 교외의 소리도 실어가고 있었다. 레이몽은 이야기를 계속했는데 난처한 일은 "아직도 난 그 여자에게 약간 미련을 두고 있어요."라는 것이었다. 그렇지만 혼을 내주어야 한다고 말했다. 먼저 그는 계집을 호텔로 데려다 놓고 풍기 단속 순경을 불러다가 스캔들을 일으켜서 계집을 리스트에 오르게 할 방법을 생각했다. 그의 친구인 난봉꾼들에게도 물어보았지만 그들은 그다지 좋은 방법을 가르쳐 주지 못했다. 사실 레이몽이 나에게 말한 것처럼 난봉꾼이란 위인들이 그런 것 하나쯤 몰라서야 체면이 말이 아니었다. 레이몽이 그렇게 말했더니 그들은 "여자의 얼굴을 마구 찢어 버리면 어떻겠냐?"고 말했다는 것이다. 그러나 그는 그렇게까지는 하고 싶지 않았다. 그는 좀 더 생각해 봐야겠다고 말했다. 그러나 먼저 그는 내게 한 가지 묻고 싶은 게 있다고 했다. 그런데 그는 그것을 물어 보기 전에 그 이야기를 내가 어떻게 생각하는지 알고 싶어 했다. 나는 별로 생각한 바도 없지만 어쨌든 재미있는 이야기라고 대답했다. 그가 속고 있었다고 생각하느냐고 묻기에 생각해 보니 속고 있었던 것 같다고 말해주는 수밖에 없었다. 혼을 내주어야 할 것인데, 그렇다면 나로서는 어떻게 하겠느냐는 그의 물음에 난 어떻게 할지는 알수 없으나, 그가 여자를 혼내 주겠다는 걸 이해할 수 있다고 대답했다. 나는 또 술을 마셨다. 그는 담배에 불을 붙이고 자기 생각을 피력하였다. 그는 '그 여자를 발길로 차 버리는 뜻의, 그러나 동시에 여자의 정욕을 자극할 만한 사연을 섞어서' 편지를 쓰겠다고 했다. 그는 그러면 여자가 돌아오게 될 것이라 생각하는 모양이었다. 그런 다음 여자와 함께 잠자리에 들고는 '바로 끝나갈 무렵에' 여자의 얼굴에다 침을 뱉어 주고는 밖으로 내쫓아 버린다는 것이었다. 그렇게 하면 정말 여자에게는 징벌이 될 것이라는 생각이 들었다. 그러나 레이몽이 말하기를, 자기는 적절한 편지를 쓸 수가 없을 것 같으므로 편지 쓰는 일을 내게 부탁할까 생각했다는 것이다. 나는 아무 대답도 하지 않았다. 그는 곧 내게 편지 쓰는 게 귀찮으냐고 물었다. 나는 그렇지는 않다고 말했다.

그러자 그는 술을 한 잔 마시고 일어서서 접시들과 먹다 남은 소시지를 옆으로 밀어놓았다. 그러더니 탁자의 고무반이 피륙을 정성스레 닦았다. 그리고는 나이트 테이블 서랍을 열어 모눈종이 한 장과 노란 봉투, 붉은 나무로 된 철필과 보랏빛 잉크가 든 병을 꺼냈다. 여자의 이름을 들어 보니, 모르 출신이었다. 나는 편지를 썼다. 되는 대로 쓰기는 하였지만 그래도 레이몽의 마음에 들도록 힘썼다. 레이몽의 마음에 들지 않게 할 아무런 이유도 없었기 때문이다. 그리고는 소리를 높여 그것을 읽었다. 레이몽은 담배를 피우며 머리를 끄덕거리면서 듣고 있더니, 다시 한 번 읽어달라고 청했다. 그는 매우 흡족해 하며 말했다.

"그대가 세상 물정에 밝다는 걸 난 알고 있었어."

처음엔 그가 나에게 그대라고 말한 것을 무심히 듣고 있었으나,

"이젠 그댄 내 친구야."

하고 그가 말하였을 때에야 비로소 나는 그 말에 놀랐다. 그는 거듭 그렇게 말하는 것이었다. 나는

"그야 그렇지."

하고 대꾸하였다. 나로서는 그의 친구라고 해도 상관없었다. 그런데 그는 정말로 나와 친구가 되고 싶은 눈치였다. 그는 편지를 봉인하고 우리는 남은 술을 마저 마셨다. 그리고는 잠시 서로 말없이 담배를 피웠다. 밖은 죽은 듯이 적막하였다. 조용히 지나가는 자동차 소리까지 다 들릴 정도였다.

"너무 늦었는데."

하고 나는 말했다.

그는 시간이 빨리 지나가 버린다는 식으로 이야기를 하였는데 틀린 말은 아니었다. 나는 졸음이 왔지만 바로 일어서기가 망설여졌다. 내 피곤한 기색을 느꼈는지 레이몽은 나에게 너무 상심 말라고 말했다. 처음엔 무슨 말인지 눈치 채지

못했다. 곧 그는 나에게 어머니가 돌아가신 것을 알고 있으며, 그러나 그런 일은 어차피 한 번은 당해야 할 일이라고 이야기했다. 내 생각도 마찬가지였다.

나는 일어섰다. 레이몽은 내 손을 굳게 움켜쥐고 사내들끼리는 언제나 이해할 수 있는 일이라고 말했다. 그의 방을 나서자 나는 문을 닫고 어둠 속 층계에 잠시 서 있었다. 집 안은 고요했고 계단 밑에서 으슥하고 습한 냄새가 올라오고 있었다. 귀 밑의 맥박이 뛰는 소리밖에는 아무 소리도 들리지 않았다. 나는 한동안 우두커니 서 있었다. 쌀라마노 영감 방에서 강아지가 나직하게 끙끙거리는 소리가 들려왔다.

<h1 style="text-align:center">4</h1>

나는 지난 한 주 동안 많은 일을 했다. 레이몽이 와서 그 편지를 보냈노라고 말했다. 에마뉴엘과 함께 영화 구경을 두 번 갔다. 에마뉴엘은 가끔 스크린에서 일어나는 이야기가 무엇인지 이해하지 못하는 때가 있었다. 그러면 내가 설명을 해주어야 했다. 어제 토요일에는 약속대로 마리가 찾아왔다. 나는 그녀에게 타오르는 욕정을 느꼈다. 마리가 붉고 흰 무

늬의 화사한 옷을 입고 가죽 샌들을 신고 있었기 때문이다. 완만한 젖가슴은 탄력이 느껴지고 햇볕에 그을린 피부는 얼굴을 꽃처럼 아름답게 보이게 해주었다. 우리는 버스를 타고 알제에서 몇 킬로미터나 떨어진 곳으로 나갔다. 좌우로는 바위가 솟아 있고 기슭에는 갈대가 우거진 바닷가였다. 4시 무렵이었다. 햇볕은 뜨겁지 않았으나 물은 따뜻했고 게으른 듯한 물결이 길게 퍼지며 나직이 넘실거리고 있었다. 마리가 놀이를 하나 가르쳐 주었다. 헤엄을 치다가 물결 등성이에서 물을 들이마신 후 입 속에 가득 머금은 다음, 똑바로 누운 채 하늘을 향해 물을 내뿜는 것이었다. 그러면 물거품 레이스가 되어서 공중으로 사라지거나, 미지근한 보슬비처럼 얼굴로 떨어지거나 했다. 잠시 후에는 입 속에 짠 소금기가 가득해졌다. 그러자 물속에서 마리가 다가와 나에게 달라붙었다. 마리는 자기 입술을 내 입술에 포갰다. 그녀의 혀끝이 내 입술에 산뜻하게 와 닿았다. 잠시 동안 우리는 물결 속을 뒹굴었다.

바닷가로 나와서 옷을 갈아입는 동안, 마리는 눈동자를 빛내며 나를 보고 있었다. 나는 그녀에게 키스를 하였다. 그때부터는 아무 말도 하지 않았다. 나는 그녀를 꼭 껴안았다. 그리고는 급히 버스를 잡아타고 돌아왔다. 우리는 방으로 들어서자마자 침대 속으로 뛰어들었다. 나는 창문을 열어 두었었다. 여름밤이 우리들의 검게 탄 육체 위로 흘러 들어오는 것을 느끼며 참으로 유쾌한 기분이 되었다.

오늘 아침은 마리와 같이 있었다. 나는 점심을 같이 먹자고 한 후, 고기를 사러 내려갔다. 돌아오니 레이몽의 방에서 여자 목소리가 들려왔다. 조금 뒤에는 쌀라마노 영감이 개를 꾸짖는 소리가 들렸다. 나무 계단에서 구두창 소리와 개 발톱 소리가 나더니 "빌어먹을, 망할 자식!" 하는 소리가 들려 왔다.

그들은 길가로 나가 버렸다. 영감 이야기를 마리에게 해주었더니 마리는 웃었다. 마리는 내 파자마를 입고 소매를 걸어 올리는 중이었다. 그녀가 웃는 순간 나는 다시 욕정을 느꼈다. 조금 있다가 갑자기 마리는 내게 자기를 사랑하느냐고 물었다. 그런 건 쓸데없는 말이지만, 사랑하는 것 같지는 않다고 나는 대꾸했다. 마리의 얼굴에 슬픈 빛이 어렸다. 그러다가 점심을 준비하면서 아무 이유도 없이 허리가 끊어지게 웃는 게 아닌가. 나는 그녀에게 키스를 해주었다. 바로 그때 레이몽의 방에서 말다툼 소리가 터져 나오기 시작했다. 먼저 여자의 날카로운 목소리가 들리더니, 레이몽이 소리쳤다.

"이년이 날 골려먹으려고 했겠다. 나를 골려먹어. 골려먹으려다가 맛이 어떤가 좀 봐."

톡톡 무슨 소리가 나고 여자가 비명을 질렀는데 너무나 비참한 소리여서, 금방 사람들이 계단으로 모여들었다. 마리와 나도 복도로 나갔다. 여자는 비명을 지르고 레이몽은 여자를 마구 때리고 있었다. 마리는 사태가 심각하다고 말했으나 나는 아무런 대답도 하지 않았다. 그녀는 나에게 순경을 불러오라고 하였지만 나는 순경이 싫다고 거절했다. 그러나 3층에 사는 납땜장이와 함께 순경 한 사람이 들어왔다. 순경이 문을 두드렸으나 아무 대답이 없었다. 더 크게 두드리자 레이몽이 문을 열었다. 문 뒤에서 여자의 울음소리가 들렸다. 레이몽은 입에 담배를 문 채 다소 유순한 태도를 보였다. 여자가 뛰어나와 순경에게 이 남자가 자기를 때렸다고 말했다.

"이름이 뭐야?"

하고 순경이 물었다.

레이몽이 자기 이름을 말하자,

"말을 할 때는 담배를 입에서 좀 떼시오."

하고 순경이 말했다. 레이몽은 망설이며 나를 쳐다보더니 담배를 입에 물고 그대로 서 있었다. 그러자 순경은 두꺼운 손바닥으로 레이몽의 면상을 갈기는 것이었다. 레이몽은 순식간에 안색이 변했으나 그 즉시에는 아무 말도 하지 않았다.

그러더니 그는 다소 풀죽은 목소리로 꽁초를 주워도 괜찮겠느냐고 물었다. 순경은 그러라고 하면서 덧붙여 말했다.

"다음부터는 순경이 웃음거리가 아니라는 걸 알도록 해."

그동안 여자는 줄곧 울면서 몇 번이나 말했다.

"저 자가 날 때렸어요. 기둥서방 노릇하는 망나니라구요."

"나리."

하고 이번에는 레이몽이 물었다.

"남자에게 망나니라는 말을 해도 좋다는 게 법률에 있습니까?"

순경은

"잔소리 마!"

하고 호통을 쳤다.

그러자 레이몽은 여자에게로 고개를 돌리고는

"가만있어, 이년아. 앞으로 다시 만나지 않을 줄 아니?"

하고 말했다.

순경은 레이몽에게 닥치라고 말한 다음 여자에게는 가고, 레이몽은 방으로 들어가서 경찰의 소환을 기다리라고 말했다. 덧붙여서 순경은 레이몽에게 그렇게 몸이 떨리도록 술을 마셨으면 부끄러운 줄 알라고 했다. 그 말을 듣자 레이몽은 설명하였다.

"나리, 난 취하지 않았어요. 나리 앞에 서 있으니 떨릴 뿐이죠. 뭐 제가 별 도리가 있겠습니까?"

그가 문을 닫아 버리자 구경꾼들도 모두 가 버렸다. 마리와 나는 점심 준비를 마쳤으나 그녀는 먹고 싶은 생각이 없다고 말했다. 결국 내가 혼자 거의 다 먹었다. 마리는 1시에 가 버리고 나는 잠을 조금 잤다.

3시경에 문을 두드리는 소리가 나더니 레이몽이 들어왔다. 나는 누워 있었다. 레이몽은 내 침대 가에 걸터앉았다. 그는 한동안 말이 없었다. 나는 그에게 일이 어찌되었는지 물었다. 그가 말하기를, 계획대로 했는데 그년이 따귀를 때리기에 자신이 때려준 것이라고 말했다. 그 뒤의 일은 내가 목격한 그대로였다. 나는 그에게

"이제는 여자가 혼이 났을 테니까 만족한 거요?"
하고 물으니, 그는 그렇다고 했다. 그는 이제 제 아무리 순경이 뭐라고 해봤자 그년이 당한 꼴은 되돌릴 수 없을 것이라고 말했다. 또 덧붙여서 자기는 순경들의 심리를 알고 있으므로 그들을 대할 때는 어떻게 해야 하는지 다 안다고 말했다. 그리고는 순경이 따귀를 붙일 때 자신이 응수하기를 기대했느냐고 내게 물었다. 나는 아무런 기대도 하지 않았다고 답했다. 난 사실 순경이란 직업 자체를 싫어한다고 말했

다. 레이몽은 매우 흡족해하는 표정이었다. 함께 나가자고 하기에 나는 일어나서 머리를 빗었다. 그때 그는 자신의 증인이 되어 주어야 한다고 말했다. 나는 아무래도 상관없으나 무슨 말을 해야 좋을지 알 수 없었다. 레이몽에 의하면 여자가 그에게 버릇없이 굴었다고 말해주면 된다는 것이었다. 나는 그의 증인이 되겠다고 했다.

우리는 밖으로 나갔다. 레이몽이 권하여 브랜디를 마셨다. 그리고는 그가 하자는 대로 당구를 쳤는데 내가 마지막 판에 아슬아슬하게 지고 말았다. 그 다음에는 여자들이 시중드는 술집으로 나를 끌었다. 하지만 나는 그런 걸 좋아하지 않아서 싫다고 거절하였다. 다시 우리는 천천히 집으로 돌아왔다. 레이몽은 여자를 응징한 것을 아주 흡족하게 여긴다고 말했다. 그는 나에게 매우 다정하게 대해 주는 것 같았고, 나로서는 그렇게 지나가는 시간이 유쾌하게 느껴졌다.

멀리서 보니 문간에서 쌀라마노 영감이 약간 흥분해서 서성대는 모습이 눈에 띄었다. 그 곁에 다가가 보니 그는 개를 데리고 있지 않았다. 그는 이리저리 사방을 둘러보며 두서없는 말을 중얼거리며 컴컴한 복도를 들여다보고, 다시 그 충혈된 눈을 두리번거리며 거듭 길가를 살펴보는 중이었다. 레이몽이 무슨 일이 있었느냐고 물어도 곧장 대답을 하지 않았다.

　"빌어먹을, 망할 자식!"

하고 중얼거리는 소리가 들렸다.

　개가 어디에 있느냐고 내가 물으니까, 달아나 버렸다고 불쑥 대답했다. 그러더니 갑자기 수다를 늘어놓았다.

　"오늘도 '연병장'에 데리고 갔어요. 노점 근처에 사람들이 많이 있었죠. '탈주왕(脫走王)'이란 간판이 붙어 있길래 잠시 멈춰 섰다 가려니까, 그놈이 사라져 버렸지 뭡니까. 미리 좀 작은 목걸이를 사 주려고 생각은 했지만, 그 빌어먹을 놈이 그렇게 도망쳐 버리리라고는 생각도 못했어요."

　레이몽은 개가 아마 길을 잃은 건지도 모르니까 나중에 돌아올 것이라고 말하며 주인을 찾아오기 위해서 수십 킬로미터나 걸어 다닌 개가 있었다는 예까지 들어서 설명하여 주었다. 하지만 영감의 흥분은 쉬이 가라앉지 않았다.

　"잡혀 버리고 말 거요. 누가 그걸 데려다가 길러 준다면 또 몰라도, 그럴 수는 없을 걸. 그렇게 헌데 투성이인데, 누가 좋아할 사람이 있을라구? 순경에게 잡히고 말 겁니다. 틀림없어요."

　나는 그에게 경찰서의 개 마당으로 가 보는 것이 좋겠다고 말해 주고 세금을 약간 내면 개를 찾을 수 있으리라는 사실도 덧붙였다. 영감은 그 세금의 액수가 많냐고 물었으나 나는 그것까지 알지는 못한다고 답했다. 갑자기 영감은 화를 내며 욕지거리를 퍼부었다.

"그 빌어먹을 자식 때문에 돈을 내다니. 아아, 죽어 버리라지!"

레이몽은 웃으며 집으로 들어섰다. 나도 그 뒤를 따랐고, 우리는 이층 층계에서 헤어졌다. 조금 뒤 영감의 발자국 소리가 들리는가 싶더니, 이윽고 내 방문을 두드렸다. 문을 열어 주니까 그는 잠시 문간에 서 있다가 말하는 것이었다.

"용서하십시오, 용서하세요."

나는 안으로 들어오라고 권했으나, 그는 들어오려고 하지 않고 구두만 내려다보고 있었다. 그의 흠집투성이 손이 떨리고 있었다. 얼굴을 숙인 채 그는 나에게 물었다.

"개를 빼앗진 않겠지요, 뫼르소 씨. 돌려 줄 테지요. 그렇지 않으면 난 어떻게 될까요?"

경찰서의 개 마당에는 주인이 찾아갈 수 있도록 사흘 동안 개를 매어 두는데, 사흘이 지나면 적당히 처분해 버린다고 나는 말하였다. 그는 아무 말 없이 나를 쳐다보았다. 그리고는 말했다.

"안녕히 계세요."

문 닫는 소리가 나더니 영감이 자기 방에서 이리저리 오가는 소리가 들렸다. 그의 침대가 마구 삐걱거렸다. 그리고는 벽을 통해 조그맣게 들려오는 흐느끼는 소리에 나는 그가 울고 있음을 알았다. 나는 왜 그때 불현듯 어머니 생각을 했는지 모르겠다. 그러나 이튿날 아침에는 일찍 일어나지 않으면 안 되었다. 배가 별로 고프지 않아 나는 저녁도 먹지 않고 자 버렸던 것이다.

5

회사에 있을 때 레이몽에게 전화가 걸려왔다. 그의 친구 중 한 사람이(그 친구에게 내 이야기를 했다는 것이었다.) 알제 근처에 있는 조그만 별장에서 일요일 하루를 지내도록 나를 초대했다는 것이었다. 나는 그러고는 싶지만 여자 친구와 만날 약속이 있다고 했다. 그러자 레이몽은 여자 친구와 함께 오라고 했다. 그 친구의 부인은 남자들 패 가운데 여자라곤 자기 혼자뿐이기 때문에 내가 여자 친구와 동행한다면 매우 좋아할 것이라고 덧붙였다. 회사 밖에서 전화가 걸려오는 것을 사장이 좋아하지 않는다는 것을 알고 있었으므로 나는 전화를 끊으려 했는데, 레이몽은 조금 기다리라고 하더니 이 초대 건은 저녁에라도 전할 수 있지만, 그보다 다른 이야기를 하기 위해서 전화했다고 하였다. 그는 하루 종일 먼젓번 정부의 오빠가 속한 아랍 사람들 패에게 뒤를 미행 당했다는 것이었다. 그러면서 말했다.

"혹시 오늘 저녁 퇴근하는 길에 집 근처에서 그놈들이 보이거든 내게 말해줘."

나는 그렇게 하겠다고 대답했다.

조금 후에 사장이 나를 불렀다. 전화는 좀 삼가고 좀 더 열심히 일하라는 말을 듣겠거니 여겨져 불쾌함이 먼저 밀려들었다. 그런데 예상과는 전혀 다른 이야기였다. 아직 막연하지만 어떤 계획에 대해서 나에게 이야기를 하고 싶다는 것이었다. 그는 그 문제에 관하여 먼저 나의 생각을 물을 생각이었던 것이다. 얘기인즉, 파리에 출장소를 설치하여 현지에서 직접 큰 회사들과의 거래를 하려고 한다는 것이었다. 내가 거기로 갈 생각은 없느냐고 내 의향을 알아보려는 것이었다. 그러면 파리에서 생활할 수 있을 것이고, 일 년에 얼마 동안은 여행을 할 수도 있으리라는 것을 덧붙였다.

"자넨 젊으니까, 그런 생활이 자네 마음에 들 걸세."

그렇기는 하지만 결국 이러나저러나 내겐 마찬가지였다.

사장은 삶이 변화되는 것에 흥미를 느끼지 않느냐고 물었다. 나는 사람이란 생활을 바꿀 수는 없는 노릇이고 어쨌든 어떤 생활이든지 다 그게 그거고 또 이곳 생활을 조금도 불만스럽게 생각지 않는다고 답했다. 그는 좋아하지 않는 눈치를 보이며 내가 대답을 한다는 것은 언제나 딴전이고 나에게는 야심이 없는 것이 문제라고 했다. 야심이 없으면 사업에도 지장이 있다는 것이었다. 나는 일을 하려고 자리로 다시 돌아왔다. 나는 사장의 비위를 거스르고 싶지는 않았지만 내 생활을 바꾸어야 할 하등의 이유 또한 없었다. 곰곰 생각해봐도 나는 불행하지 않았다. 학생 때에는 야심이 컸지만 학업을 포기해야 했을 때 그런 게 실제로는 아무런 중요성도 없다는 걸 나는 깨달았다.

저녁에 마리가 찾아와 자기와 결혼할 마음이 있느냐고 물었다. 나는 아무래도 좋지만 마리가 원한다면 결혼해도 좋다고 말했다. 그러니까 그녀는 내가 자기를 사랑하는지 알고 싶다고 했다. 나는 이미 한번 말했던 것처럼 아무 뜻도 없는 말이지만 아마 사랑하지는 않는 것 같다고 대답했다.

"그렇다면 왜 나와 결혼을 해요?"
하고 마리는 물었다.

나는 그런 건 별로 중요하지 않지만 마리가 정말 원한다면 결혼하는 것도 좋다고 해명했다. 결혼을 요구한 것은 그녀이고 나는 승낙했을 뿐이라고 말했다. 그때 마리는 "결혼이란 건 정말 중요한 일이예요."라며 나를 나무라듯 말했다. 나는 그렇지 않다고 대답했다. 그녀는 잠시 말없이 나를 쳐다보더니 말을 이었다. 그녀는 자기 같은 관계가 맺어진 다른 여자에게서 같은 청혼을 받아도 승낙을 할 건지 그게 알고 싶은 눈치였다. 나는 "물론"이라고 답했다. 그러자 마리는 자기가 날 사랑하는지 아닌지를 생각해 보는 듯하였으나, 나로서는 그 점에 관해서 어떤 것도 알 길이 없었다. 잠시 묵묵히 있다가 그녀는, 내가 좀 이상한 사람이어서 아마 그 때문에 자기가 날 사랑하지만 바로 그런 이유로 싫어질 때가 생길 지도 모른다고 말했다. 더 할 말이 없어 무덤덤하게 있으니까 마리는 웃으면서 내 팔을 붙들고 나와 결혼하고 싶다고 말했다. 나는 언제든지 그녀가 원하면 결혼을 하겠다고 응답했다. 그리고 사장의 제안을 이야기해 주니까 마리는 파리를 알고 싶다고 했다. 나는 잠시 파리에서 살아 본 일이 있다고 했더니 그곳 생활이 어떤지를 물었다.

"좀 더러워. 비둘기들이 보이지만 안뜰은 어둡고 사람들은 모두 피부가 희지."

그리고 나서 우리는 어떤 길을 골라서 거리를 걸었다. 여자들은 아름다웠다. 나는 마리에게 그렇게 생각하지 않느냐고 물었다. 마리는 그렇다고 대답하고 나의 심정을 이해할 수 있다고 했다. 잠시 동안 우리는 아무 말 없이 걷기만 했다. 그래도 나는 그녀가 나와 함께 있어 주었으면 싶어서, 셀레스트네 레스토랑에서 저녁을 같이 먹으면 어떻겠느냐고 물었다. 마리는 그러고 싶지만 볼일이 있다고 말했다. 그때 우리는 나의 집 근처에 이르렀으므로 나는 잘 가라고 작별 인사를 했다. 그녀는 나를 쳐다보면서 말했다.

"내가 무슨 볼일이 있는지 알고 싶지 않나요?"

나는 그걸 알고 싶기는 했으나 미처 그 생각을 못했는데, 마리는 그걸 나무라는 눈치였다. 그러나 나의 어색한 표정을 보더니 웃으며 불쑥 앞으로 다가와서 입술을 내게 내밀었다.

나는 셀레스트네 레스토랑에서 저녁을 먹었다. 막 먹기 시작할 때 키가 작고 약간 우스꽝스럽게 생긴 여자가 한 명 들어와서 나의 테이블에 앉아도 괜찮은지를 물었다. 물론 앉아도 괜찮다고 나는 대꾸했다. 몸짓은 앙증스럽고 사과 같은 얼굴에 눈빛이 강했다. 재킷을 벗어 버리고 열에 들뜬 모습으로 메뉴를 훑어보더니 셀레스트를 불러 분명하고 재빠른 목소리로 먹을 요리를 전부 주문하였다. 그리고는 전채(前菜)를 기다리며 핸드백을 열고 네모난 종이와 연필을 꺼내어 미리 합산을 해보고는 지갑에서 팁까지 덧붙여 정확한 금액을 앞에 내놓았다. 전채가 나오자 그녀는 서둘러 먹었다. 다음 요리를 기다리며 또 핸드백에서 푸른 연필과 일주일 동안의 라디오 프로그램이 실린 잡지를 꺼내 정성스럽게 하나씩 하나씩 거의 모든 방송에 표시를 하였다. 잡지는 열두어 페이지나 되었으므로 그녀는 식사하는 동안 끝까지 세밀하게 그 일을 계속하였다. 내가 식사를 끝마쳤을 때에도 그녀는 여전히 열심히 표시를 하고 있었다. 그러더니 일어서서 꼭두각시 같은 몸짓으로 재킷을 입고 나가 버렸다. 별로 할일이 없었으므로 나도 밖으로 나가서 여자의 뒤를 잠시 따랐다. 그녀는 인도 가장자리를 따라 믿을 수 없을 만큼 빠르고 정확한 걸음으로 옆으로 비키지도, 뒤돌아보지도 않고 제 갈 길만 가고 있었다. 나는 여자를 시야에서 놓쳐 버려 가던 길을 되돌아왔다. 참 이상한 여자라는 생각이 들었지만 얼마 안 있어 잊어버리고 말았다.

나는 문간에 쌀라마노 영감이 서 있는 걸 보고 방 안으로 들어오라고 하였더니 영감은 경찰서 개 마당에 가 봤는데도 없었다면서 결국 개를 영영 잃어버린 것 같다고 말하였다. 개 마당의 사무원들이 아마 개가 차에 치었을 거라고 말했다는 것이었다. 경찰서 측에 그런 것을 모르느냐고 물으니까, 매일 있는 일이라 아무 흔적도 남지 않는다고 대답하더라는 것이었다. 나는 쌀라마노 영감에게 다른 개를 기르면 되지 않느냐고 말했지만 영감은 그 개와 오래 사귀어 정이 들었다고 말하는데, 그건 그럴 것 같았다.

나는 침대에 웅크리고 있고 쌀라마노는 테이블 앞 의자에 앉아 있었다. 노인은 나와 얼굴을 마주하고 두 손을 무릎 위에 얹어놓고 있었다. 낡은 소프트를 뒤집어 쓴 채였다. 누런 수염 밑으로 말마디를 씹어 삼키듯이 중얼거렸다. 그와 마주하고 있기가 좀 거북했으나 그렇다고 딱히 할일도 없었고 졸음도 오지 않았다. 무엇이든지 이야기를 해 보려고 나는 개에 관해 물어보았다. 영감의 말에 의하면 개를 기른 것은 그의 아내가 죽은 뒤부터였다. 그는 늦게 결혼했다. 젊었을 적에는 연극을 하고 싶어 했다. 연대에 있었을 때는 군인극 '보드빌'에도 출연했다. 그러나 나중에 철도국에 근무하게 되었는데, 자신은 그 일을 후회하지는 않는다고 했다. 왜냐하면 적으나마 월급을 받을 수 있기 때문이었다. 아내와의 관계가 그리 행복하지는 못했지만 익숙해져 정이 든 경우였다. 아내가 세상을 떠났을 때 그는 외로움을 느꼈다. 그래서 작업장 동료에게 청하여 개 한 마리를 아주 어린놈으로 얻어 왔다. 처음에는 우유를 먹여서 기르지 않으면 안 되었다.

그러나 개의 수명은 사람 수명보다 짧았기 때문에 그들은
함께 늙고 말았다.

"그놈은 성미가 못돼서 가끔 입에다 부리망을 씌우곤 했
었지요."

하고 쌀라마노는 말했다.

"그렇지만 좋은 개였어요."

혈통이 좋은 개였다고 나도 맞장구쳤더니 쌀라마노는 만
족해하는 눈치로 덧붙였다.

"게다가 병에 걸리기 전에 보신 일이 없으시죠. 그 털이
정말 아름다웠어요."

개가 피부병이 걸린 다음부터 매일 아침저녁으로 쌀라마
노는 포마드를 발라 주었다. 그의 말에 의하면 노화 때문인
데, 노화병은 누구도 고칠 도리가 없었다는 것이다.

그때 내가 하품을 하자 노인은 방으로 가겠노라고 했다.
나는 좀 더 있어도 괜찮다고 말하고 개가 그렇게 된 게 딱했
다고 말하니 그는 감사의 예를 표했다. 그리고 어머니가 그
개를 귀여워했다고 말했다. 어머니 이야기를 하면서 그는
"가엾은 모친"이라고 말했다. 어머니가 세상을 떠난 후로 내
가 매우 적적할 것이라고 그는 말했지만, 나는 아무런 대답
도 하지 않았다. 그러자 그는 어색한 표정으로 동네 사람들

이 어머니를 양로원에 넣었다는 이유만으로 나를 나쁘게 여기는 걸 알고 있다고 말했다. 하지만 그는 내가 어떤 사람인지 잘 알고, 내가 어머니를 사랑했다는 것도 알고 있다고 말했다. 나는 내가 비난받고 있다는 것을 아직까지 모르고 있었다. 나는 어머니를 돌볼 돈이 없었으므로 어쩔 수 없이 양로원으로 모셔야 했다고 말해 주었다.

"그리고 오래 전부터 어머닌 내게 하실 말씀도 없어서 외롭고 적적해 하셨죠."

하고 덧붙였더니, 그가 말했다.

"그랬겠네요. 양로원에선 친구라도 생기지요."

그리고 그는 자리에서 일어섰다. 가서 자려는 것이었다. 이제 그의 생활은 예전과 달라질 것이다. 그는 앞으로 어떻게 하면 좋을지 모르겠다고 했다. 그와 알게 된 이후 처음으로 그는 슬그머니 내 손을 잡았다. 내 손에 그의 살이 닿는 촉감이 느껴졌다. 그는 미소를 짓더니, 방을 나서면서 말했다.

"오늘밤은 개들이 제발 짖지 말았으면 좋겠네요. 개 짖는 소리를 들으면 저희 집 개나 아닌가 하는 생각이 들어요."

6

일요일은 좀처럼 잠이 깨지 않는다. 마리가 와서 이름을 부르며 흔들어대지 않으면 일어나지 못할 정도이다. 우리는 일찍부터 해수욕을 하고 싶었기 때문에 아침밥도 먹지 않았다. 나는 갑자기 피곤해지고 머리도 조금 아팠다. 담배를 피워도 맛을 느낄 수 없었다. 마리는 나더러 "초상집에 간 사람 같은 얼굴"을 하고 있다며 놀렸다. 마리는 흰옷을 입고 머리칼을 풀어 놓았다. 내가 예쁘다고 말하자 그녀는 기뻐하며 웃었다.

나오는 길에 우리는 레이몽의 방문을 두드렸다. 레이몽은 곧 내려온다고 대답했다. 길가로 나서자 나는 피로함과, 덧문을 닫아 놓았기 때문에 몰랐지만 이미 퍼질 대로 퍼진 햇살 때문에 따귀라도 얻어맞은 기분이었다. 그러나 마리는 기뻐서 깡충거리며 날씨가 아주 좋다고 몇 번이나 되풀이해서 말하였다. 기분이 좀 나아지니 시장기가 느껴졌다. 그런 이야기를 마리에게 했더니 그녀는 두 사람 수영복과 수건만 들어 있는 헝겊 가방을 열어 보였다. 하는 수 없이 기다리는 수밖에 없었다. 이윽고 레이몽이 그의 방문을 닫는 소리가 들렸다. 그는 푸른 바지와 소매가 짧은 흰 셔츠를 입고 있었다. 게다가 밀짚모자를 쓰고 있었다. 마리는 그 모습이 우습다고 말했다. 거기다가 팔목은 흰데 팔뚝은 검은 털로 덮여 있다. 그게 내겐 좀 볼썽사나웠다. 휘파람을 불면서 내려온 그는 자못 만족한 눈치였다. 레이몽은 나에게

"안녕, 여보게?"

하고 말한 다음, 마리에게

"마드모아젤"

이라고 불렀다.

나는 그 전날 그와 함께 경찰서에 가서, 전에 그 여자가 레이몽에게 버릇없이 굴었다고 증언했다. 레이몽은 견책을 받고 방면되었다. 나의 증언을 트집 잡는 사람은 없었다. 문 앞에서 레이몽과 상의해서 우리는 버스를 타기로 결정하였다. 바닷가는 그다지 멀지는 않았지만 그렇게 하면 더 빨리 갈 수 있기 때문이었다. 레이몽은 그의 친구도 우리가 일찍 오는 걸 기뻐할 것이라 생각했다. 길을 막 떠나려던 참이었는데 갑자기 레이몽이 맞은편을 보라고 눈짓을 하였다. 한패의 아랍인들이 담배 가게 진열장에 기대어 서 있었다. 묵묵히 우리를 바라보고 있었는데, 마치 우리들을 돌이나 죽은 나무처럼 여기는 눈빛이었다. 왼쪽에서 두 번째가 그놈이라고 레이몽이 말했는데, 그는 걱정하는 눈치였다. 하지만 그

건 이제 끝나버린 이야기라고 덧붙였다. 마리는 무슨 일이냐고 물었다. 아랍 사람들이 레이몽에게 원한을 품고 있는 것이라고 나는 대답했다. 마리는 빨리 출발하자고 말했다. 레이몽은 몸을 젖치고 서둘러야겠다고 말하며 웃음을 지었다.

우리들은 조금 떨어진 정거장으로 갔다. 다행히 아랍 사람들은 더 이상 따라오지 않았다. 나는 뒤를 돌아보았다. 그들은 있던 자리에 그대로 서서 여전히 방심한 태도였다. 우리는 곧 버스에 올라탔다. 레이몽은 이제 아주 안심이 되었는지 마리에게 줄곧 농담을 던지기 시작했다. 그는 마리가 마음에 든 눈치였는데, 마리는 거의 아무 대답도 하지 않고 이따금 미소를 지으면서 레이몽을 바라볼 뿐이었다.

우리는 알제 교외에서 내렸다. 바닷가는 정류장에서 멀지 않았다. 그러나 바다를 굽어보며 내리뻗은 조그만 언덕을 지나야 했다. 언덕에는 푸른 하늘 바탕 위로 노란 돌들과 하얀 국화들이 피어 있었다. 마리는 헝겊 가방을 휘둘러 꽃잎을 떨어뜨리는 장난을 하고 있었다.

우리는 파란색이나 흰색의 울타리를 친 작은 별장들이 늘어선 사이를 걸어갔다. 어떤 별장은 베란다까지 타마리스크 나무에 묻혀 있었고, 어떤 별장은 돌들 가운데 덩그러니 서 있었다. 언덕 끝자락에 이르기 전에 벌써 바다가 눈앞에 나타났다. 멀리 펼쳐진 맑은 물에서 조는 듯 육중한 육지가 뻗어나간 풍경이 보였다. 가벼운 모터 소리가 고요한 대기를 거쳐 우리들 귓전으로까지 전해졌다. 저 멀리 작은 어선 한 척이 반짝이는 바다 한가운데를 가로질러 조금씩 움직여 가 있었다. 마리는 창포 몇 떨기를 꺾었다. 바다로 내려가는 언덕길에서 바라보니, 바닷가에는 벌써 해수욕하는 사람들이 여럿 있었다.

레이몽의 친구는 해변의 작은 목조식 별장에 살고 있었다. 바위를 등진 집이었는데 앞쪽을 버티는 기둥들은 물속에 잠겨 있었다. 레이몽이 우리를 소개했다. 친구는 마쏭이라는 이름을 가지고 있었는데 큰 허우대와 어깨가 육중하고 키가 훤칠한 사람으로, 동그랗고 예쁘장하게 생긴 파리 말씨를 쓰는 자그마한 여자와 함께 있었다. 그는 곧 우리들에게 거리낌 없이 터놓고 사귀자고 말하며, 그날 아침에 낚은 생선으로 만든 튀김이 있다고 자랑하였다. 집이 어쩌면 이렇게 아담하냐고 내가 말했더니, 그는 토요일과 일요일, 그리고 휴일마다 그 별장에 와서 지낸다고 말했다.

"제 아내라면 누구와도 사이좋게 지낼 수 있지요."
하고 그는 덧붙였다.

과연 그의 아내는 마리와 마주보며 웃고 있었다.

아마 나는 그때 처음으로 마리와의 결혼을 진심으로 생각한 듯하다.

마쏭이 헤엄을 치러 가자고 했다. 그러나 그의 아내와 레이몽은 가고 싶지 않는 눈치였다. 우리들 셋이서 해안가로 내려가자 마리는 곧바로 바닷물로 뛰어들었다. 마쏭과 나는 잠시 기다렸다. 그는 느릿느릿 말을 하는데 말끝에 "뿐만이 아니라."라는 말을 덧붙이는 버릇이 있었다. 실제로 그는 이야기 중에 특별히 보충해야 하지 않을 때에도 그 말을 붙이는 버릇을 갖고 있었다. 마리에 관해서는 이렇게 말했다.

"아주 훌륭합니다. 매력도 있구요."

이윽고 햇볕이 기분 좋게 전신으로 스며들었다. 햇볕에 정신이 팔려 더 이상 그의 버릇에 주의하지 않게 되었다. 발아래 모래가 뜨거워지기 시작했다. 물로 뛰어들고 싶은 욕망을 좀 더 참았다가, 나는 마쏭에게

"들어가 볼까요?"

하고 말하며 바닷물로 뛰어들었다.

마쏭은 천천히 물속으로 들어가더니 발이 땅에 닿지 않게 되어서야 몸을 던졌다. 그는 개구리헤엄을 쳤으나 퍽 서툴러서 나는 그를 남겨 두고 마리를 쫓아갔다. 물은 차가웠으나 헤엄을 치니 상쾌했다. 마리와 함께 멀리 헤엄쳐 갔는데 우

리는 몸짓과 기분의 일치감을 느낄 수 있었다.

바다 한가운데로 나가서 우리는 몸을 물에 띄웠다. 얼굴은 하늘을 향하자, 빛나는 태양이 입으로 흘러내리는 물의 장막을 걷어 주었다. 마쏭은 모래사장으로 나가서 일광욕을 하려고 누워 있었다. 마리는 나와 함께 헤엄치고 싶어 했다. 나는 뒤로 돌아가 마리의 허리를 붙들고 마리가 팔을 놀려 앞으로 나아가는 걸 도와주었다. 끝없이 철썩거리는 아침 바다의 소음이 계속해서 들려왔기 때문에 나는 점점 지치는 기분이 되었다. 그래서 마리를 남겨 두고 숨을 크게 쉬면서 헤엄을 쳐서 돌아왔다. 바닷가로 나와서 나는 마쏭처럼 배를 깔고 엎드려 모래 속에 몸을 파묻었다.

"참 기분이 좋다."

고 말했더니 그도 거기에 동감을 표했다. 이윽고 마리도 왔다. 나는 고개를 돌려 마리가 걸어오는 모습을 올려다보았다. 물에 젖은 그녀의 몸은 미끈거려 보였고, 머리카락을 뒤로 늘어뜨리고 있었다. 마리와 나는 옆구리를 맞대고 누웠다. 그녀의 체온과 뜨거운 햇빛을 느끼며 나는 살며시 잠이 들었다.

마리가 나를 흔들어 깨우며 마쏭은 집으로 돌아갔고 점심을 먹어야 할 때라고 말했다. 나는 허기를 느끼며 일어섰다.

갑자기 마리는 아침부터 내가 한 번도 키스를 해주지 않았고 말했다. 그건 사실이었다. 문득 나도 키스를 하고 싶어졌다.

"물로 들어오세요."

하고 마리가 말했다. 우리는 뛰어가 잔물결에 몸을 맡겼다. 몇 번이나 팔을 저어 헤엄쳐 가다가 마리는 내게 달라붙었고 그녀의 다리가 나의 다리에 휘감겼다. 나는 그녀에게 욕정을 느꼈다.

해변으로 돌아오자 마쏭이 우리를 부르는 중이었다. 배가 고프다고 내가 말했더니 마쏭은 그의 아내에게 내가 그의 마음에 든다고 했다. 빵은 맛있었고 나는 내 몫의 생선을 재빨리 먹었다. 이어서 고기와 감자 프라이가 나왔다. 모두 아무 말 없이 먹었다. 마쏭은 술을 자주 마셨고 내게도 줄곧 따라 주었다. 커피를 가져왔을 때 나는 머리가 좀 무거워서 담배를 많이 피웠다. 마쏭과 레이몽, 그리고 나는 공동 비용으로 8월 한 달을 함께 해변에서 지내자고 상의했다. 마리가 갑자기 말했다.

"지금 몇 신지 아세요? 열한 시 반이에요."

우리들은 모두 놀랐다. 그러나 마쏭은 일찍 식사를 하였지만 배가 고플 때가 결국 식사 시간이니까 별로 이상할 게 없다고 했다. 그 말을 들은 마리가 왜 그리 웃어댔는지 나는 모른다. 아마 술을 좀 지나치게 마신 탓이었을 것이다. 마쏭은 함께 바닷가를 거닐지 않겠느냐고 나에게 물었다.

"제 아내는 점심을 먹은 뒤엔 꼭 낮잠을 자는데 난 그게 싫어요. 난 걷는 게 좋아요. 아내는 건강에는 낮잠이 좋다고 말하지만, 저는 제가 하고 싶은 대로 할 수밖에 없지요."

마리는 마쏭 부인을 도와 설거지를 하기 위해 남겠노라고 말했다. 그러자면 남자들을 밖으로 내보내야 한다고 키 작은 파리여성이 말했다. 남자들 셋만 바닷가로 내려갔다.

햇살이 거의 직사광선으로 모래 위에 쏟아져 내리고 있었다. 바다 위에서 반사되는 빛은 견디기 어려울 지경이었다. 바닷가에는 아무도 없었다. 언덕을 따라 바다 위로 솟은 작은 별장들 안에서 접시며 포크, 스푼 등이 덜그럭거리는 소리가 울려나왔다. 땅에 깔린 돌에서 올라오는 열기는 숨쉬기조차 어려울 정도였다. 레이몽과 마쏭은 내가 모르는 여러 가지 일들과 사람들 이야기를 나누었다. 그들은 오래 전부터 아는 사이였고 한때는 함께 지내기도 했다. 우리들은 바다를 끼고 걸었다. 때때로 파도가 밀려와 신발을 적셨다. 나는 내리쬐는 햇살 때문에 반쯤은 조는 상태였고 아무 생각도 나지 않았다.

레이몽이 마쏭에게 뭐라고 말했으나 나는 잘 듣지 못하였다. 그때 바닷가 저편 끝 멀리서 푸른 화부복(火夫服) 차림의

아랍 사람 두 명이 우리들 쪽으로 걸어오는 게 보였다. 레이몽을 쳐다보았더니, 그는

"그 자식이야."

하고 말했다. 우리들은 걸음을 멈추지 않았다. 마쏭은 그들이 어떻게 여기까지 따라올 수 있었을까 의아하게 여겼다. 우리들이 해수욕 가방을 가지고 버스를 타는 것을 그들은 보았을 것이다.

아랍 사람들은 느릿느릿 걸어오고 있었는데, 이제 거리가 훨씬 좁혀졌다. 우리들은 여전히 똑같은 걸음걸이였다.

갑자기 레이몽이 말했다.

"마쏭, 싸움이 벌어지면 자넨 둘째 녀석을 붙들게. 저 녀석은 내가 맡지. 뫼르소, 자넨 또 다른 놈을 맡게."

"그러지."

하고 나는 말했다.

마쏭은 두 손을 주머니 속에 넣었다.

뜨겁게 달아오른 모래가 지금 나에겐 붉게 보였다. 우리는 일정한 속도로 아랍 사람들에게로 걸어갔다. 그들과 우리들 사이 거리는 점점 좁혀졌다. 몇 걸음 되지 않는 간격으로 사이가 좁혀졌을 때 아랍 사람들이 멈춰 섰다. 마쏭과 나는 걸음을 느리게 했다. 레이몽은 바로 그가 맡은 녀석에게로

갔다. 나는 그가 뭐라고 하였는지는 못 들었으나 아랍 녀석
이 머리로 들이받는 걸 보았다. 그러자 레이몽은 먼저 한 대
때려 놓고 곧 마쏭을 불렀다. 마쏭은 미리 정해둔 녀석에게
로 다가가 주먹을 힘껏 두 번 휘둘렀다. 상대는 얼굴을 바닥
에 틀어박고 물속에 나뒹굴었다. 이윽고 녀석의 머리끝에서
거품이 물 위로 꿀떡거리고 올라왔다. 그러는 동안에 레이몽
도 후려갈겨서 그 아랍인의 얼굴은 온통 피투성이가 되었다.
레이몽은 내게 고개를 돌리며 말했다.

"이 자식, 꼴 좀 봐."

"조심해, 그놈이 단도를 가졌어!"

하고 내가 말했지만, 레이몽은 이미 팔을 찔리고 입이 찢긴
상태였다.

마쏭이 후닥닥 뛰쳐나갔으나, 아랍 녀석도 일어나서 무기
를 가진 녀석 뒤로 가서 섰다. 우리들은 미동도 하지 않았다.
그들은 우리들에게서 눈을 돌리지 않고 단도로 위협을 하면
서 천천히 뒷걸음 쳐서 충분한 거리를 갖게 되자 부리나케
달아나 버렸다. 그동안 우리들은 햇빛 아래 우두커니 서 있
었고, 레이몽은 피가 흐르는 팔을 움켜쥐고 있었다.

마쏭은 일요일마다 언덕 별장으로 와서 지내는 의사가 있
다고 말했다. 레이몽은 곧 그리로 가자고 말했는데 입을 뗄

때마다 상처에서 흐르는 피로 입에서는 거품이 일었다. 우리는 그를 부축하여 급히 별장으로 돌아왔다. 그곳에서 레이몽은 상처가 가벼우니까 의사에게 갈 수 있다고 말했다. 그는 마쏭과 함께 가기로 하고, 나는 남아서 여자들에게 사건에 대해 설명을 해주었다. 마쏭 부인은 놀라서 울먹였고 마리는 공포에 질려 얼굴이 새파래졌다. 갑자기 나는 그녀들에게 설명을 하는 게 성가시게 느껴져서 이야기를 끊어 버리고 나서 담배를 피우며 바다를 바라보았다.

1시경에 레이몽이 마쏭과 함께 돌아왔다. 그는 팔에 붕대를 감고 입가에는 반창고를 붙이고 있었다. 의사는 대수롭지 않다고 말했으나 레이몽은 침울한 표정이었다. 마쏭이 레이몽을 애써 웃겨 보려 했지만 그는 전혀 말이 없었다. 레이몽에게 어디로 가느냐고 물었더니 바람 쐬러 바닷가로 나간다고 싶다고 대답했다. 마쏭과 나도 가겠노라고 했더니 레이몽은 화를 벌컥 내며 우리들에게 욕지거리를 하였다. 그의 비위를 거스르지 말라고 마쏭은 말했지만 그래도 나는 그를 뒤따랐다.

우리는 오랫동안 해변을 거닐었다. 그 시간의 태양은 찍어 누르듯 강렬했다. 햇빛은 모래와 바다 위에 부서져 반짝거렸다. 나는 왠지 레이몽이 가는 곳을 알고 있으리란 생각이 들었지만 꼭 그렇지 않을 수도 있다. 해변 끝까지 걸어갔다. 커다란 바위 뒤에 바다를 향해 모래 속으로 흐르는 조그만 샘이 있었다. 거기서 우리는 아랍 사람 둘을 다시 만났다. 그들은 기름기가 밴 푸른 화부복을 입고 누워 있었다. 마음은 거의 가라앉은 듯 아주 태연스러운 표정이었다. 레이몽을 찌른 녀석이 아무 말 없이 레이몽을 올려다보았다. 또 한 녀석은 조그만 갈대 피리를 불고 있었다. 곁눈으로 우리들을 바라보며 그 악기로 낼 수 있는 세 가지 소리를 반복하는 중이었다.

햇빛과 침묵 사이에, 졸졸 흘러가는 샘물 소리와 피리의 세 가지 음향이 들리는 순간이었다. 레이몽이 주머니에 든 권총에 손을 댔다. 상대편은 움직이지 않았고 둘은 서로를 노려보았다. 나는 피리 부는 녀석의 발가락이 몹시 벌어진 것을 보았다. 레이몽은 상대편에게서 눈을 떼지 않고 내게 물었다.

"쏘아 버릴까?"

그만두라고 하면 그는 제풀에 화를 내어 기어코 쏘고 말 것이라는 생각이 들어서 나는 약간 건성으로 말했다.

"저 녀석은 아무런 말도 없는데 쏘아 버리면 비겁한데."

침묵과 무더운 햇볕 한가운데에서 여전히 샘물 소리와 피리 소리만 들렸다.

이윽고 레이몽이 입을 열었다.

"그럼 저 녀석에게 욕을 해줘야겠군. 대답하면 쏴 버리는 거야."

"그래, 하지만 녀석이 단도를 뽑지 않으면 쏠 수야 없지."

나는 대답했다. 레이몽이 다소 화를 내기 시작했는데, 상대편은 여전히 피리를 불고 있었고, 둘다 레이몽의 거동을 일일이 살피고 있었다.

"쏘면 안 돼. 차라리 사내답게 맞상대를 해. 권총은 내게 주고. 만약 다른 녀석이 뛰어들거나, 저 녀석이 단도를 뽑거나 하면 그땐 내가 쏴 버릴 테니."

레이몽이 권총을 내게 주었을 때 햇빛이 반사하여 번쩍거렸다. 그러나 우리는 마치 모든 게 우리 주위를 둘러막은 듯이 그대로 움직이지 않고 있었다. 우리는 눈을 깜박이지도 하지 않고 마주 노려보고 있었다. 바다와 모래와 태양 사이로 적막만 흘렀는데, 피리 소리와 물소리 때문에 적막은 더 강렬하게 느껴졌다. 그 순간 갑자기 나는 권총을 쏠 수도 있고 쏘지 않을 수도 있지만 쏘아도 좋고 쏘지 않아도 좋을 것이라는 생각이 들었다. 그때 갑자기 아랍 사람들이 뒷걸음질을 치며 바위 뒤로 달아나 버렸다. 그러고 나서 레이몽과 나는 갔던 길을 되돌아왔다. 이제 레이몽은 기분이 좀 가라앉은 듯 집으로 돌아갈 버스 이야기까지 했다.

나는 별장까지 그와 함께 왔다. 레이몽이 나무 층계를 올라가는 동안 첫 계단 앞에 잠시 서 있었다. 햇볕으로 머리가 어지러운데다 그 나무 층계를 올라가야 하고, 다시 여자들과 대면할 생각을 하니 절로 맥이 풀려버렸다. 그러나 더위는 끔찍했고 하늘에서 쏟아지는 햇빛 아래 우두커니 계속 서 있기가 괴로웠다. 거기에 그대로 있거나 어디로 가 버리거나 결국 마찬가지였다. 잠시 후에 나는 돌아서서 바닷가를 걷기 시작했다.

바다는 조금 전과 다름없이 모든 게 붉게 어른거렸다. 모래 위에서 바다는 잔물결에 휩쓸려 가쁜 숨을 내쉬며 허덕이고 있었다. 나는 천천히 바위 쪽을 향해 걸어갔다. 햇빛 때문에 머리가 부풀어 오를 지경이었다. 더위가 나를 억눌러 걸음을 막는 것처럼 여겨졌다. 얼굴에 뜨거운 바람이 와 닿을 때마다, 나는 이를 악물고 주머니 속에 집어넣은 주먹을 불끈 쥐었다. 태양과 태양이 쏟아내는 지독한 취기를 견디어 내려고 전력을 다해 몸을 버티는 중이었다. 모래, 흰 조개껍질, 유리 조각에서 빛이 칼날처럼 번쩍거릴 때마다 턱이 움찔거렸다. 나는 오랫동안 걷고 또 걸었다.

햇볕과 바다의 수분으로 눈부시도록 후광에 둘러싸인 검은 바위 덩어리가 저 멀리 조그맣게 보였다. 나는 바위 뒤의 서늘한 샘을 생각했다. 나는 샘물의 속삭임을 다시 듣고 싶어졌다. 태양과 찌는 듯한 더위와 싸우는 노력, 여자의 울음소리에서 도망치고 싶었으며, 그늘과 휴식을 그곳에서 찾아내고 싶었다. 그러나 그곳에 가까이 다가갔을 때 레이몽과 맞섰던 녀석이 다시 돌아와 있는 것을 보았다.

그는 혼자였다. 반듯하게 누워 있었는데, 두 손을 목 밑에 괴고 얼굴만 바위 그늘에 넣고 전신에 햇볕을 받고 있는 중이었다. 푸른 화부복이 더위 속에 더운 김을 피워 올리고 있었다. 나는 약간 당황했다. 나로서는 그 사건은 이미 끝났으니 그 일과는 무관하게 거기까지 간 것이었다.

그는 나를 보자 조금 몸을 쳐들어 올리고 주머니에 손을 넣는 게 보였다. 물론 나도 윗옷 속에 들어 있던 레이몽의 권총을 움켜쥐었다. 그러나 그는 다시금 몸을 젖혀 누워 버리더니 주머니에서 손을 빼지 않았다. 나는 그에게서 한 십여 미터쯤 떨어져 있었다. 반쯤 감은 그의 눈꺼풀 사이로 그의 시선이 번뜩이는 것을 짐작할 수 있었다. 그의 모습이 타는 듯한 대기 속에서 내 눈앞에 어른거렸다. 파도 소리는 정오 때보다도 더욱 게으르고 더욱 가라앉아 있었다. 정오 때

나 다름없는 모래 위 그때와 다름없는 태양, 다름없는 광선이 그대로 지금 이 순간에도 계속 이어지고 있었다. 이미 두 시간 전부터 낮은 걸음을 멈추고, 끓는 금속 바다 속으로 닻을 던졌던 것이다. 수평선 위로 작은 증기선이 총총히 지나갔다. 내 시야에서 그건 검은 얼룩처럼 들어왔다. 나는 여전히 아랍 사람에게서 눈을 떼지 않고 있었다.

내가 뒤로 돌아서기만 하면 아무 일도 없을 것이라고 생각되었지만 햇볕에 떨고 있는 해변이 내 뒤에서 나를 압박하고 있었다. 나는 샘가로 몇 걸음을 옮겼다. 아랍 사람은 움직이지 않았다. 그는 아직 그래도 내게서 꽤 멀리 떨어져 있었다. 아마도 얼굴 위에 덮인 그늘 탓이었던지 웃고 있는 것처럼 보였다. 나는 기다렸다. 뜨거운 햇볕에 뺨마저 달아오르고 땀방울이 눈썹에 맺히기 시작했다. 그건 어머니의 장례식을 치른 그날과 똑같은 태양이었다. 그날처럼 특히 머리가 아프고 이마의 모든 핏대가 피부 밑에서 지끈거리기 시작했다. 햇볕의 뜨거움을 견디지 못하여 나는 한 걸음 앞으로 나섰다. 나는 그것이 어리석은 짓이며 한걸음 몸을 옮겨 보았자 태양으로부터 한 치도 벗어날 수 없다는 것을 이미 알고 있었다. 그러는 순간 아랍 사람이 몸을 일으키지도 않고 단도를 뽑아서 태양빛을 받으며 내게로 칼을 겨누는 광경이 눈에 들어왔다. 햇빛이 칼날 위를 반사하자 번쩍거리는 칼날이 꼭 내 이마에 와서 부딪치는 것 같았다. 그와 동시에 눈썹에 맺혔던 땀방울이 한꺼번에 눈꺼풀 위로 주르륵 흘러내리며 미지근하고 두터운 막으로 눈을 덮어 버리는 것이었다. 눈물과 소금의 장막에 가려 나는 아무것도 보이지 않았다. 다만 이마 위에 울리는 태양의 제금 소리와 단도로부터 여전히 내 앞으로 비치는 눈부신 빛의 칼날을 느낄 뿐이었다. 그 뜨거운 검(劍)은 나의 속눈썹을 썰고 어지러운 눈을 파헤치는 것이었다. 모든 것이 동요한 것은 바로 그때였다. 바다는 답답하고 뜨거운 바람을 실어왔다. 하늘은 활짝 열리며 불을 쏟아 놓는 듯하였다. 나의 온몸이 긴장하여 권총을 힘 있게 움켜쥐었다. 나는 방아쇠를 당겼고 권총자루의 매끈거리는 배를 어루만졌다. 그 짤막하고도 요란한 소리와 함께 모든 것이 시작되는 순간이었다. 나는 땀과 태양을 떨쳐 버렸다. 한낮의 균형과 내가 행복을 느꼈던 해변의 특이한 침묵을 깨뜨렸음을 나는 깨달았다. 나는 쓰러진 몸뚱이를 향해 다시 네 발을 쏘았다. 총탄은 보이지 않게 깊이 박혔다. 마치 불행의 문을 두드리는 짧은 네 토막의 소리처럼 귓전을 울리며.

제 2 부

1

체포되자마자 나는 곧바로 여러 차례 심문을 받았다. 그러나 그것은 신원 확인을 위한 심문이어서 오래 계속되지는 않았다. 처음 경찰에서는 나의 사건에 별 흥미를 느끼는 것 같지 않았다. 그런데 일주일 후에 예심 판사는 나를 유심히 바라보았다. 처음에는 다만 내 이름과 주소와 직업, 출생 날짜와 장소를 물었을 뿐이다. 그리고는 내가 변호사를 택하였는가 알고 싶어 하기에 나는 택하지 않았다고 말하고 변호사를 반드시 세워야만 하느냐고 물었다.

"왜 변호사를 선택하지 않으시오?"

하고 그가 물었다.

나는 이 사건은 매우 간단한 것이라고 생각한다고 대답했다. 그는 웃으면서 이렇게 말했다.

"그건 당신 생각이고 법률에 의해 당신이 변호사를 택하지 않으면 안 됩니다. 안 그러면 우리들이 직무에 따라 선정하게 되어 있습니다."

나는 법 제도가 그러한 자질구레한 일까지 해주는 게 편리하다고 생각하였다. 그러한 말을 판사에게 했더니, 그도 나의 말에 동의했다. 그리고 법률이 잘 되어 있는 것이라고 결론까지 내렸다.

나는 처음엔 그를 탐탁하게 생각지 않았다. 그는 커튼이 쳐진 방안에서 나를 맞아 주었는데 그의 테이블에는 등불이 하나 놓여 있었다. 그것은 내가 앉은 안락의자만을 비추고 있었을 뿐 그는 어둠 속에 앉아 있었다. 예전에 나는 책에서 이러한 장면을 묘사한 것을 읽은 일이 있다. 어쩐지 지금 이 모든 것이 어린애 장난처럼 여겨졌다. 이야기가 끝난 뒤 그를 다시 살펴보니, 그는 얼굴이 말쑥하고 푸른 눈이 깊숙이 틀어박혀 있으며, 키가 크고 회색 수염을 길게 길렀으며, 숱 많은 머리칼이 거의 백발에 가까운 것을 알 수 있었다. 입을 삐죽거리는 신경질적인 습관이 있기는 하였으나, 잘 따져 보면 그는 착하고 호감을 줄 수 있는 상이었다. 그래서 방을 나서면서 나는 그에게 손을 내밀려고까지 했던 것이다. 그러나 그 순간 내가 사람을 죽였다는 사실을 떠올렸다.

이튿날 변호사 한 사람이 형무소로 찾아왔다. 키가 작고 통통하게 생긴 사내였는데 나이가 어려 보이고 머리칼을 정성스럽게 이마 위로 쓸어 붙였다. 그는 더운 날씨에도 불구하고(나는 셔츠바람으로 있었다.) 검은 옷차림에 빳빳한 칼라에 검고 흰 줄무늬가 있는 괴상스러운 넥타이를 매고 있었다. 겨드랑이에 끼고 들어온 가방을 내 침대 위에 놓더니 그는 자기소개를 했다. 그리고는 서류를 검토해 보았다고 말했다. 이 사건은 어렵긴 하지만 내가 그를 신뢰한다면 재판에 이길 수 있다고 말하였다. 내가 감사하다고 말하자 그는 말했다.

"사건이 있었던 날 오전부터 시작해 봅시다."

그는 침대 위에 앉은 다음 판사 측에서 나의 사생활에 관하여 여러 가지 정보를 수집했다고 설명하였다. 최근 양로원에서 어머니가 사망한 사실을 알고 마랑고로 조사를 갔고, 어머니의 장례식 날 '내가 냉정한 태도를 보였다.'는 사실을 조사원들이 알아냈다는 것이었다.

"당신에게 이런 걸 묻는 것은 거북한 일이지만 매우 중요한 겁니다. 그리고 만약 내가 거기에 답변을 할 수 없다면 그것은 판결의 중대한 논거가 될 것입니다."

하고 변호사는 말하였다.

그는 나에게 협력해 줄 것을 요구했다. 그는 나에게 그날 슬프더냐고 물었다. 나는 이 질문에 몹시 놀랐다. 내가 그런 질문을 해야만 할 처지라면 매우 어색했을 것이다. 그러나 나는 자문해 보는 습관을 좀 잃어버린 편이어서 정확하게 설명할 수는 없다고 대답했다. 물론 나는 어머니를 사랑했지만 그런 것은 아무 의미도 없다. 건강한 사람이라면 누구나 다소간 사랑하는 사람들의 죽음을 바라는 일이 있는 법이라고 말하였다. 그러자 변호사는 내 말을 가로막고 매우 흥분한 듯이 보였다. 그는 그런 말을 법정에서나 예심 판사의 방에서는 절대 하지 않겠다는 약속을 하도록 내게 주지시켰다. 나는 그에게 육체적 욕구가 감정을 방해하는 성향이 있다고 설명해 주었다. 어머니의 장례식이 있었던 날 나는 매우 피곤해서 졸음이 왔다. 그렇기 때문에 그날 무슨 일이 있었는지 잘 알 수가 없었다. 내가 확실히 말할 수 있는 것은 어머니가 죽지 않았으면 좋았을 것이라고 생각했다는 점이었다. 그러나 나의 변호사는 그것으론 부족하다는 눈치였다.

“그것만으론 충분하지 못합니다.”
하고 그는 나에게 말했다.

잠시 생각을 하더니 그는 그날 내가 자연적인 감정을 억제하였다고 말할 수 있냐고 물었다.

“그건 사실이라고 할 수 없습니다.”
하고 나는 대답했다.

그는 나라는 존재가 참 이상하다는 듯 뭔가 얄밉다는 눈초리로 나를 바라보았다. 어쨌든 양로원의 원장님과 사무원들이 증인으로 심문받게 될 것이고 ‘그러면 그건 당신에게 퍽 불리한 결과를 가져올지도 모릅니다.’라고 모질게 말하였다. 이런 이야기는 사건과 아무런 관계가 없다는 걸 나는 지적하였으나 그는 다만 내가 재판소와 관계를 가져 본 적이 없다는 것을 알 만하다고 말하더니, 화난 태도로 나가 버렸다.

나는 그를 좀 더 머물게 하면서 그의 호감을 얻고 싶다고, 그러나 그것은 더 잘 변호해 주기를 바라는 마음에서가 아니라 그냥 자연스럽게 그렇게 하고 싶은 생각에서라고 변명하고 싶었다. 무엇보다도 내가 그의 입장을 어렵게 만들고 있다는 것을 알 수 있었다. 그는 나를 이해하지 못하고 다소 원망하고 있었다. 나는 내가 다른 사람들과 똑같다는 것, 조금도 틀림없이 똑같다고 설명하고 싶었다. 그러나 그러한 모든 것은 결국 별로 효과가 없게 되었다. 게으른 탓에 나는 그것을 단념하고 말았다.

오후 2시에 다시 예심 판사 앞으로 불려 나갔다. 사무실은 이번에는 얇은 커튼을 뚫고 스며드는 햇빛으로 가득 차 있었다. 공기는 매우 무더웠다. 그는 나를 앉힌 다음 정중한 말씨로 나의 변호사는 '사고가 생겨서' 오지 못했다고 말했다. 그러므로 나에게 그의 심문에 대답하지 않고 변호사의 도움을 기다리는 권리를 가졌음을 말해 주었다. 내가 혼자서라도 대답할 수 있다고 말했더니 그는 책상 위의 벨을 눌렀다. 젊은 서기가 와서 바로 등 뒤에 자리 잡고 앉았다.

우리들은 반듯이 안락의자에 걸터앉았다. 그리고는 심문이 시작되었다. 판사는 먼저 내가 말이 적고 자기 속에만 들어 앉아 있는 성격이라고 사람들이 평하는데 어떻게 생각하느냐고 물었다.

"저는 할 말이 별로 없습니다. 그래서 말을 안 합니다." 하고 나는 대답했다.

그는 첫 심문 때처럼 빙그레 웃으면서 참 지당한 이유라고 말한 다음

"그건 대수롭지 않습니다."

하고 덧붙였다.

그는 이야기를 끊고 나를 보고 있더니, 이윽고 갑자기 어깨를 들썩하면서

"내가 알고 싶은 건 당신이에요."

하고 빠른 어조로 말했다. 나는 그가 무슨 말을 하려는 건지 잘 알 수 없어서 아무 대답도 하지 않았다. 그는 이어서

"당신 행동에는 내가 이해하기 곤란한 점들이 있는데, 그걸 이해할 수 있게 당신이 도와주기를 바랍니다."

하고 말했다. 나는 모두 지극히 간단한 일들이라고 대답했다.

그날 사건을 이야기하도록 판사는 재촉했다. 나는 벌써 그에게 한번 이야기한 것을 다시 요약해서 반복했다. 레이몽, 바닷가, 해수욕, 싸움, 다시 바닷가, 조그만 샘, 태양, 다섯 발의 총탄. 한 마디 할 적마다 그는 "네, 네." 하고 말했다. 쓰러진 시신까지 이야기가 이르자, 그는 "좋습니다." 하면서 내 이야기를 확인했다. 나는 그처럼 같은 이야기를 되풀이하는 것에 지쳤고 지금껏 그렇게 이야기를 한 적은 없었던 것처럼 생각되었다.

잠깐 동안 아무 말이 없다가 그는 일어서더니 나를 도와주겠다고 말했다. 나를 퍽 흥미로운 사람이고 하느님의 도움을 얻어 날 위해 무슨 일을 해줄 수 있을 것이라고 말했다.

그전에 그는 나에게 몇 가지 질문을 더 하고 싶어 했다. 그는 다짜고짜 어머니를 사랑했느냐고 물었다.

"네, 다른 사람들과 마찬가지로 사랑했습니다."
하고 나는 대답했다.

그러자 그때까지 규칙적으로 타이프를 치고 있던 서기가 키를 잘못 짚었던지 당황해 하더니 다시 고쳐 치기 시작했다. 여전히 확연한 논리도 없이 판사는 이번엔 다섯 발을 연달아서 권총을 쏘았느냐고 물었다. 나는 잠시 생각을 하고 나서 처음에 한 발을 쏘고 몇 초 후에 다시 네 발을 쏘았다고 설명했다.

"첫 발과 둘째 발 사이에 왜 기다렸습니까?"
하고 그는 물었다.

다시 한 번 나는 붉은 바닷가를 눈앞에 보고 뜨거운 햇볕을 이마에서 느꼈다. 그러나 나는 아무 대답도 하지 않았다. 그 후로 침묵이 계속되는 동안 판사는 흥분한 눈치였다. 의자에 걸터앉아 머리를 벅벅 긁고 책상에 팔꿈치를 괸 다음 이상야릇한 표정을 지으며 나에게 약간 몸을 구부렸다.

"왜, 왜 당신은 땅에 쓰러진 시신을 쏘았나요?"

그 물음에도 나는 대답할 수가 없었다. 판사는 두 손으로 이마를 받치고 목소리가 약간 달라진 채,

"왜 그랬었어요? 그것을 말해 줘야 합니다. 왜 그랬습니까?"

하고 되물었다.

나는 여전히 말을 하지 않았다. 갑자기 그는 일어서서 사무실 한끝으로 성큼성큼 걸어가더니 서류함 서랍을 열었다. 거기서 은으로 만든 십자가를 꺼내 그것을 휘두르며 나에게로 돌아왔다. 그리고는 여느 때와 달리 아주 떨리는 목소리로 외쳤다.

"당신은 이것을, 이 사람을 압니까?"

"물론 압니다."

하고 나는 말했다.

그러자 그는 흥분한 나머지 빠른 어조로 자기는 하느님을 믿는다는 것과 하느님이 용서하지 않을 만큼 죄가 많은 사람은 없지만, 용서를 받으려면 사람은 뉘우치는 마음으로 어린애처럼 되어서 혼을 깨끗이 비워 모든 것을 받아들일 준비를 하지 않으면 안 된다는 그의 신념을 말하였다. 그는 전신을 책상 너머로 기울이고는 십자가를 거의 내 머리 위에서 휘두르고 있었다. 사실인즉 나는 그의 논지를 따르기가 매우 어려웠다. 왜냐하면 나는 몹시 더웠고, 그의 사무실에는 큼직한 파리들이 있어서 그것들이 내 얼굴에 달라붙었기 때문이다. 또 그의 태도에 겁이 좀 나기도 했었다. 그와 함께 판사의 하는 짓이 좀 우스워 보였다. 왜냐하면 죄를 지은 사람은 결국 나였기 때문이다. 그러나 판사는 자신의 이야기를 계속했다. 내가 대강 알아들은 바에 의하면 그의 의견으로는 내 고백에 오직 한 가지 모호한 점이 있다는 것이었다. 즉, 권총의 둘째 발을 쏘기 전에 기다렸다는 사실이다. 그밖의 다른 것들은 잘 알겠는데 그에게는 그게 이해되지 않는다는 것이었다.

나는 그 점이 그다지 중요하지 않고 그가 부리는 고집을 잘못이라고 말하려 했다. 그러나 그는 내 말을 가로막고 다시 한 번 몸을 일으키더니, 하느님을 믿느냐고 물으며 나를 훈계했다. 나는 하느님을 믿지 않는다고 대답했다. 그는 분을 내며 자리에 앉아 버렸다. 그럴 수는 없다고 하며 누구나, 비록 하느님의 얼굴을 외면하는 사람일지라도 하느님을 믿는 법이라고 그는 말했다. 그게 그의 신념이요, 만약 그걸 의심한다면 자신의 삶은 무의미해지고 만다는 것이었다.

"당신은 내 삶이 무의미해지기를 바랍니까?"
하고 그는 외쳤다.

내 생각으로 그건 나와는 아무런 관련도 없는 일이었다. 그래서 나는 그에게

“그렇다.”

고 대답했다. 그러나 그는 벌써 그리스도의 십자가 상(像)을 책상 너머로 내 눈 밑까지 들이대더니 어처구니없다는 듯이 소리 질렀다.

“난 기독교 신자야. 나는 이 분께 자네가 저지른 죄에 대해 용서를 구하고 있어. 어쩌서 자넨 그리스도가 자넬 위해 괴로움을 당하셨다는 걸 믿지 않는단 말야?”

나는 그가 내게 반말을 하고 있다는 걸 알아차렸다. 그러나 나는 이제 진절머리가 났다. 더위도 지긋지긋했다. 별로 이야기를 듣고 싶지도 않은 사람으로부터 벗어나고 싶을 때 내가 늘 하는 방법처럼 나는 그의 말을 수긍하는 척했다. 그랬더니 놀랍게도 그는 승리자인양 말했다.

“그것 봐, 믿지 않아? 하느님께 마음을 바치겠지?”

물론 나는 다시 한 번 아니라고 하였다. 그는 다시금 안락의자 위에 주저앉고 말았다.

그는 매우 피곤해 했다. 그는 잠시 아무 말이 없었으나 그 동안에도 타이프를 치던 서기는 멈추지 않고 마지막 이야기를 계속해 치고 있었다. 그는 나를 약간 슬픈 표정으로 물끄러미 바라보더니 중얼거렸다.

“당신처럼 고집 센 사람은 처음 보오. 내 앞에 온 죄인들은 이 고뇌의 형상을 보고 모두 울었다네.”

나는 그건 바로 그들이 죄인이었으니까 그랬던 것이라고 대답하려 했다. 그러나 나도 그들과 같은 죄인이라는 걸 생각했다. 그건 나로서는 믿을 수 없는 생각이었다. 그때 판사가 일어섰다. 심문이 끝났다는 의미인 듯했다. 그는 여전히 다소 피곤한 표정으로 내가 저지른 일을 후회하느냐고 물었다. 나는 생각을 하고 나서 정말 후회라기보다는 오히려 귀찮음을 느낀다고 대답했다. 나는 그가 나를 이해하지 못하는 듯한 인상을 받았다. 그날은 그뿐, 이야기가 더 진행되지 않았다.

그 후 나는 여러 차례 예심 판사를 만났다. 만날 때마다 나는 변호사를 동반하였다. 이야기는 먼젓번에 한 나의 진술에서 어떤 점을 좀 더 상세히 언급하게끔 하는 정도에 그쳤다. 그렇지 않으면 판사는 내 변호사와 직무에 관한 토론을 했다. 그러나 실상 그때마다 그들은 나를 아랑곳하지 않았다. 어쨌든 차츰차츰 심문의 방식이 달라져 갔다. 판사는 나에게 이미 관심이 없는 듯했다. 그는 이미 사건의 성격을 규정해 버린 모양이었다. 그는 다시는 내게 하느님 이야기를 하지 않았으며, 먼젓번처럼 흥분한 모습을 다시는 보이지 않았다. 그 결과 우리의 대화는 점점 친근해져 갔다. 몇몇 질문이 있고, 나의 변호사와 이야기를 좀 나누고 나면 심문은 끝이 났다. 나의 사건은 판사의 말에 따르면 순서에 따라 진행되고 있었다. 어떤 때 대화가 일반적인 성질을 띠게 되면 나도 거기에 한 몫 끼곤 했다. 나는 그제서야 숨을 쉴 수 있었다. 그런 때에는 아무도 내게 심하게 굴지 않았기 때문이다. 모든 것이 자연스럽고 규모 있고 침착하게 꾸며져 나는 '가족들 사이에 끼어 있는 것 같은' 어이없는 인상을 받았다.

그렇게 11개월 동안 예심이 계속되었다. 나는 이따금 판사가 방문 앞까지 나를 배웅하고 어깨를 두드리며 "오늘 끝났습니다. 반기독교인 양반." 하고 다정하게 이야기해 주던 그 순간을 무엇보다도 즐겼다는 사실에 스스로 놀라지 않을 수 없었다. 판사의 방을 나서면 나는 다시 헌병의 손에 맡겨졌다.

2

말을 하고 싶지 않은 일들이 있었다. 형무소로 들어온 며칠 후에 나는 내 삶에서 이 시기를 이야기하고 싶지 않다는 사실을 깨달았다.

그 후에는 그러한 염오(厭惡)가 대수롭게 여겨지지 않았다. 사실 처음에는 형무소에 있다는 게 실감나지 않았다. 나는 막연히 뭔가 새로운 사건을 기다리고 있었다. 모든 것이 시작된 계기는 마리가 최초이자 유일한 방문을 한 이후부터였다. 마리의 편지를 받은 날(편지에는 나의 아내가 아니라고 해서 면회를 허가하지 않는다고 쓰어 있었다.) 그날부터 나는 나의 감방이 내 집이고 내 생활은 그 속에 한정되어야 했다. 체포되던 날, 먼저 나는 이미 여러 사람이 수감된 유치장에 갇혔는데, 대부분이 아랍 사람들이었다. 그들은 나를 보고 웃더니 무엇을 하였느냐고 물었다. 아랍 사람을 한 놈 죽였다고 대답하자 그들은 입을 다물었다. 이윽고 저녁 어둠이 내렸다. 그들은 누워서 돗자리를 펴는 법을 설명해 주었다. 돗자리는 한쪽 끝을 말아서 베개로 사용할 수 있었다. 밤새 빈대가 얼굴 위로 기어 다녔다. 며칠 후 나는 독방으로 분리 수감되어 이제는 판자 위에서 자게 되었다. 거기에는 변기통과 쇠로 만든 대야가 있었다. 형무소는 시가(市街) 꼭대기에 있어서 조그만 창문으로 바다가 보였다. 어느 날 철창에 매달려 햇볕을 향하여 얼굴을 내밀고 있으려니까 바로 그때 간수가 들어와서 면회하러 온 사람이 있다고 말했다. 나는 마리가 아닐까 생각했다. 과연 마리였다.

면회실로 가기 위해 긴 복도를 통과하고 계단을 지나 복도 끝으로 걸어갔다. 널찍하게 뚫린 창을 통해 빛이 환히 들어오는 큰 방에 들어섰다. 커다란 두 개의 철책을 세로로 막아 세 부분으로 나누어 놓은 방이었다. 철책 사이에 8미터 내지 10미터 가량 되는 간격이 있어서 면회인과 죄수를 갈라놓고 있었다. 내 앞으로 줄무늬 있는 옷을 입고 얼굴이 햇볕에 그을린 마리가 보였다. 내가 서 있는 쪽으로는 죄수들이 여남은 명 있었는데, 대부분 아랍 사람들이었다. 마리는 두 여자 사이에 끼어 있었다. 그 중 한 명은 입술을 꼭 다물고 검은 옷을 입은 키 작은 노파였고, 또 한 명은 맨머리 바람의 뚱뚱한 여자로 많은 몸짓을 하며 큰 목소리로 지껄이고 있었다. 철책 사이의 거리가 멀어서 면회인도 죄수도 큰 목소리로 이야기해야만 했다. 방 안에 들어서자 커다랗고 반반한 바람벽에 부딪혀 울리는 소란한 목소리와 유리창 위에 쏟아져서 방 안으로 퍼지는 눈부신 햇살 속에서 나는 얼떨떨했다. 내 감방은 이보다 더 조용하고 어두웠기에 변화된 환경에 익숙해지는데 약간의 시간이 필요했다. 시간이 흐르자 밝은 빛에 드러난 얼굴들이 눈에 선명하게 들어왔다. 간수 한 사람이 철책 사이의 복도 끝에 앉아 있는 게 보였다. 대부분이 아랍 사람인 죄수들과 그 가족은 서로 마주 웅크리고 앉아 있었다. 그들은 소리를 지르지 않았다. 소란스러운 가운데서 나직이 대화를 나누며 의사소통을 했다. 밑에서 올라오는 그들의 희미한 속삭임은 그들의 머리 위에서 교차하는 말소리에 비해 줄곧 베이스음을 이루고 있었다. 그러한 모든 것을 순식간에 알아보고 나서 나는 마리에게로 다가섰다. 마리는 벌써 철책에 달라붙어 서서, 있는 힘을 다해 웃어 보이고 있었다. 나는 그녀가 매우 아름답다고 느껴졌으나 그런 말을 그녀에게 할 수는 없었다.

"어떠세요?"

하고 마리는 약간 목청을 높여 말했다.

"별일 없어."

"불편하진 않으세요? 뭐 필요한 건 없어요?"

"아무것도 없어."

우리들은 말을 멈췄다. 마리는 여전히 웃고 있었다. 뚱뚱한 여자는 내 옆의 사내를 향해 울부짖는 중이었다. 그녀의 남편으로 짐작되는 정직한 눈매를 가진 키 큰 금발 사내였다. 무슨 말인지 대화를 계속하고 있었다.

"쟌느는 그 녀석을 붙잡으려고 하질 않아요."

하고 뚱뚱한 여자는 고래고래 소리를 질렀다.

"응, 그래?"

하고 키 큰 금발의 사내가 대답했다.

"당신이 나오면 그 녀석을 꼭 붙잡을 거라고 말했건만 그래도 붙잡으려고 하질 않는구려."

마리도 그때 레이몽이 안부를 전하더라고 소리를 질렀다. 나는 고맙다고 대답했다. 그러나 내 목소리는

"그 녀석은 잘 있는가?"

하고 묻는 내 옆 사내의 목소리에 덮여 버리고 말았다. 그의 아내는

"더할 나위 없이 몸이 좋아졌다."

고 말하며 웃었다. 내 왼편에 있던 손이 가늘고 키 작은 청년은 별말이 없었다. 그는 자그마한 노파와 마주 대한 채 뚫어지게 서로 마주보고 있을 뿐이었다. 그러나 나는 그들을 더 관찰할 여유가 없었다. 희망을 가져야 한다고 마리가 외쳤기 때문이다. 나는

"그야 그렇지."

하고 대답했다. 그와 동시에 나는 입은 옷 위로 그녀의 어깨를 껴안고 싶었다. 그 엷은 피부에 욕정을 느꼈다. 사실 피부 이외의 무엇에 희망을 가져야 할지는 알 수 없었다. 마리가 하려 한 말도 아마 그런 뜻이었으리라. 마리는 줄곧 웃음을 띠우고 있었다. 이제 나에겐 그녀의 반짝이는 이와 눈의

잔주름밖에 보이지 않았다. 마리가 다시 외쳤다.

"나오면 우리 결혼해요!"

"글쎄"

하고 나는 대답했는데 무슨 말이라도 해야 했기 때문이었다.

그러자 마리는 재빨리 높은 목소리로 진심이라며 석방되면 다시 또 해수욕을 하러 가자고 말했다. 동시에 곁에 있던 여자도 고함을 질렀다. 서기과에 바구니를 맡겼다는 것이다. 바구니 속에 넣은 것도 일일이 주워섬겼다. 돈이 많이 든 것이니 없어진 게 있나 없나 검사해 보라는 것이었다. 한편, 내 왼쪽에 있던 청년과 어머니는 여전히 서로 마주보고만 있었다. 아랍 사람들의 나직나직 웅성거리는 소리는 우리 발 밑에서 계속되고 있었다. 밖에서는 빛이 창문에 부딪쳐 마구 부풀어 오르는 듯했다. 빛은 곧이어 모든 사람들의 얼굴 위로 산뜻한 즙(汁)처럼 흘러내리는 것처럼 보였다.

나는 몸이 조금 피곤해졌다. 밖으로 나가고 싶었다. 시끄러운 소리 때문에 기분이 언짢았다. 그러면서도 한편으로는 마리를 좀 더 보고 싶은 마음도 있었다. 그 후 얼마나 시간이 지났는지 모른다. 마리는 자기 일에 관한 이야기를 하며 끊임없이 웃었다. 속살거리는 소리, 외치는 소리, 주고받는 이야기들이 방 안에서 서로 뒤섞였다. 내 옆에서 서로 마주 바라보고 있던 젊은이와 노파 두 사람만이 침묵의 섬을 이루고 있었다. 아랍 사람들이 하나씩 하나씩 끌려 나갔다. 맨 앞 사람이 나가 버리자 거의 모든 사람이 동시에 말을 끊었다. 키 작은 노파가 철책 창살 쪽으로 바짝 다가섰다. 그와 동시에 간수가 그의 아들에게 손짓을 하였다.

"안녕히 가세요, 어머니"

하고 아들이 말하자 노파는 두 창살 사이로 손을 들이밀어 아들에게 천천히 그리고 조그맣게 오래도록 손짓을 하였다.

노파가 나가는 동안 남자 한 사람이 손에 모자를 들고 자리에 들어섰다. 그러자 죄수 한 사람이 뒤이어 끌려 들어왔다. 그들은 활기차게 이야기를 시작했는데 목소리는 낮았다. 방 안이 조용해졌기 때문이었다. 내 오른편에 있던 사내가 불려 나갈 차례가 되자, 그의 아내는 이제 소리를 크게 지를 필요가 없어진 것을 알지 못한 듯 어조를 낮추지 않고 말했다.

"몸조심하시고, 주의하셔야 해요."

내 차례가 되었다. 마리는 키스를 보낸다는 시늉을 했다. 나는 방을 나서기 전에 그녀를 돌아보았다. 마리는 창살에 얼굴을 비벼 대고, 여전히 찡그린 듯한 웃음을 지으며 우두커니 서 있었다.

마리가 편지를 보낸 것은 그로부터 며칠 뒤였다. 내가 이야기하고 싶지 않은 일이 시작된 건 그때부터였다. 어쨌든 무엇이나 과장하지는 말아야 하는 법인데 그 일은 다른 사람들에 비해 내겐 별로 어렵지 않았다. 형무소에 수감되어 처음에 가장 괴로웠던 것은 내가 자유로운 사람이라고 생각하는 것이었다. 가끔 바닷가로 나가 물로 뛰어 들어가고 싶은 욕망이 솟구치곤 했다. 발밑의 풀에 부딪치는 물결 소리, 몸을 물에 담그는 그 부드러운 촉감, 느껴지는 해방감, 그러한 것들을 상상하는 순간 감옥의 담벼락이 얼마나 답답하게 나를 둘러싸고 있는가를 절감하게 된다. 그러한 감정이 몇 달이고 계속되었다. 그 다음에는 죄수로서의 생각밖에 없었다. 나는 매일 안뜰에서 산책하거나, 변호사의 방문을 기다리며 나머지 시간을 그럭저럭 보낼 수 있었다. 만약 그 당시 내가 마른 나무 밑동 속에 들어가 살게 되어 머리 위 하늘에 피어난 꽃을 바라보는 것밖에는 아무 일도 할 수 없게 된다고 해도, 차츰 그런 생활에 익숙해졌을 것이라고 생각한다. 나는 지나가는 새들이나 마주치는 구름들을 기다렸다. 여기서 변호사의 이상야릇한 무늬의 넥타이가 나타나기만 기다리듯이, 또 저 바깥세상에서 마리의 몸을 껴안을 것을 기다리며 토요일까지 참고 지냈듯이. 그런데 결국 생각해 보면 나는 마른나무 밑동 속에 들어 있는 것도 아니었다. 그리고 나보다 더 불행한 사람들이 있었다. 어머니의 생각도 그와 같았을 것이다. 어머니는 사람은 늘 무엇에나 결국 익숙해지는 법이라고 말하시곤 했다.

대개는 그런 지경까지는 이르지 않았다. 처음 몇 달 동안은 괴로웠지만, 바로 그 괴로움을 겪는 노력 때문에 몇 달 동안 지내는 데 도움이 된 게 사실이다. 여자에 대한 욕정이 고통이라면 고통이었다. 나는 젊었으므로 그건 당연한 일이었다. 마리만을 생각하는 게 아니라, 그저 어떤 여자, 여러 여자들, 어떤 기회에 좋아하여 사귀었던 모든 여자들을 다 떠올린 까닭에 감방은 그 여자들의 얼굴로 가득히 채워지고 내 욕구도 더 커졌다. 한편으로 그런 생각들은 내 마음을 어지럽게 하였으나 또 한편으로는 시간을 보낼 수 있게 해주었다. 이윽고 나는 식사시간에 조수와 같이 오던 간수장의 동정을 사게 되었다. 먼저 여자 이야기를 한 것은 그였다. 다른 사람들도 첫째로 못 견뎌 호소하는 게 여자라고 그는 말했다. 나는 그에게 나도 다른 사람들과 마찬가지로 그런 대우를 못마땅하다고 말했다.

"그러나 당신네들을 감옥에 가두는 건 그 때문이야." 하고 그는 말했다.

"그 때문이라뇨?"

“당신네들에게서 자유를 빼앗는 거란 말야.”

나는 그런 걸 생각해 본 적이 없었다. 나는 그에게 동의를 표시하였다.

“참, 그렇긴 하군요. 그렇지 않다면 징벌이 아니겠지요.”

“그렇고 말고. 당신은 참 이해심이 많은데 다른 사람들은 그렇지 못해. 그렇지만 결국 그들도 스스로 괴로움을 덜게 되지.”

여자에 대한 욕구 말고 흡연 욕구도 고통거리였다. 형무소로 들어왔을 때 나는 허리띠, 구두끈, 넥타이, 주머니에 들어 있던 모든 것, 그중 담배도 빼앗겼다. 감방으로 옮겨 와서 담배를 돌려 달라고 청해 보았지만 그것은 금지된 물건이었다. 처음 며칠 동안은 매우 괴로웠다. 내가 가장 고통받은 것은 아마 담배였을 것이다. 침대 판자를 뜯고서 나뭇조각을 빨곤 했다. 온종일 구역질이 나서 견딜 수 없었다. 아무에게도 해가 되지 않는 그것을 왜 빼앗는지 알 수가 없었다. 그 후 나는 그것도 징벌의 일부임을 깨달았다. 그러나 그때는 담배를 피우지 않는 데 익숙해져 이미 아무런 징벌도 되지 못했다.

그런 불편을 빼고 나면 나는 그다지 불행하지 않았다. 문제는 다만 시간을 어떻게 보내느냐 하는 것이었다. 과거를 추억하기 시작한 이후 심심해서 괴로운 경우는 없어졌다. 이 따금 나는 내 방을 생각했다. 한쪽 구석에서 출발하여 한 바 퀴를 돌아 다시 출발점으로 되돌아오는데, 그러는 도중에 방 안에 있던 모든 것을 머릿속에 그려 보곤 했다. 처음에는 아 주 빨리 끝이 나 버렸지만 그 후로 되풀이할 때마다 조금씩 더 시간이 길어졌다. 왜냐하면 방에 있던 가구를 전부 하나 씩 생각하고, 가구마다 그 속에 들어 있는 물건들을 하나씩 생각하였고, 또 그 물건마다 세밀한 곳까지 생각하고, 누각 이라든가 흠이라든가 깨진 모서리라든가 그런 것들에 관해 서, 빛깔 또는 무늬 같은 것에 관해서 생각을 떠올렸기 때문 이다. 그와 동시에 나는 내 재산목록에서 무엇 하나 빠짐없 이 온전한 목록을 만들려고 애썼다. 그리하여 몇 주일 후에 는 내 방에 있는 것들을 따져 보는 것만으로도 긴 시간을 보 낼 수 있었다. 생각하면 할수록 등한히 했던 것, 잊어 버렸 던 것들을 기억에서 이끌어 낼 수 있었다. 그래서 나는 단지 하루만 산 사람이라도 이런 식으로 하면 1백 년도 감옥에서 살 수 있을 것이라 생각하게 되었다. 그런 사람이라도 추억 할 거리가 얼마든지 있어 심심하지는 않을 것이었다. 어떻게 생각하면 그건 편리한 일이었다.

잠을 자는 일도 고통이었다. 처음에는 밤에 잠을 이룰 수가 없었다. 더군다나 낮에도 단 한순간을 잠들 수 없었다. 하지만 차츰 밤에 자는 데 익숙해졌으며, 낮에도 잘 수 있게 되었다. 마지막 수개월 동안 하루에 열여섯 시간 내지 열여 덟 시간씩 잤다. 잠을 자고 남는 시간은 모두 여섯 시간이었 는데, 그 시간에는 식사며, 대소변이며, 추억이며, 체코슬로 바키아 이야기로 보내면 됐다.

그때 나는 밀짚 돗자리와 침대 판자 사이에서 한 장의 옛 신문을 발견했는데 피륙에 들러붙어서 노랗게 빛이 바래고 앞뒤가 비치는 상태였다. 첫 대목은 없었으나 체코슬로바키 아에서 일어난 것으로 짐작되는 기사가 실려 있었다. 체코의 어떤 마을에 살던 어떤 사내가 돈벌이를 떠났다가 25년 후 부자가 되어서 아내와 어린애 하나를 데리고 돌아왔다. 그의 어머니는 누이와 함께 고향에서 여관을 열고 있었다. 사내는 그들을 놀라게 해주려고 처자를 다른 여관에 남겨 두고 어 머니 집에 갔는데, 어머니는 그를 알아보지 못했다. 그는 장 난삼아 묵을 방 하나를 잡은 뒤 돈을 보여주었다. 밤중에 어 머니와 누이는 망치로 그를 때려죽이고 돈을 훔친 다음 시 체를 강물에 던져 버렸다. 아침이 되자 사내의 아내가 와서 무심코 길손의 신분을 밝혔다. 어머니는 목을 매고 누이는 우물에 빠져 죽고 말았다는 이야기였다. 그 이야기를 아마 수천 번도 더 읽었을 것이다. 왠지 사실이 아닌 것 같기도 하고 한편으로는 그럴 수 있을 것도 같은 이야기였다. 어쨌든 그런 결과가 일어난 데 대해서는 사내에게도 책임이 있다는 생각이 들었다. 이런 이야기를 보면 장난이란 함부로 할 게 아니었다.

그렇게 잠을 자고 지나간 일을 생각하고 3면 기사를 읽는 동안 빛과 어둠이 번갈아 바뀌고 시간은 흘러갔다. 감옥에 있으면 시간관념을 잃어버린다는 걸 어디에선가 읽은 적이 있었다. 그때만 해도 그 사실은 내게 별다른 감흥을 주지 못했다. 하루하루가 얼마나 길고 동시에 얼마나 짧을 수 있는지 나는 알지 못했다. 지내기는 물론 길었지만, 하도 길게 늘어나서 하루하루는 넘쳐서 서로 겹쳤다. 시간은 이름을 잃어 버렸다. 내겐 어제나 내일이라는 말만이 의미를 잃지 않을 뿐이었다.

어느 날 간수에게서 내가 수감된 지 다섯 달이 지났다는 말을 들었을 때 나는 그 말을 믿었으나 이해할 수는 없었다. 나로서는 언제나 똑같은 날이 내가 갇힌 감방으로 밀려오고 언제나 같은 일을 계속하고 있었다. 그날 간수가 가 버린 뒤 나는 쇠로 만든 밥그릇에 비친 내 얼굴을 들여다보았다. 내 모습은 아무리 마주보며 웃으려 해도 무뚝뚝한 상태인 듯했다. 나는 그 모습을 눈앞에서 흔들어 보고는 빙그레 웃었으나 그릇에 비친 얼굴은 여전히 무뚝뚝하고 슬픈 표정이었다. 날이 저물어가는 때였다. 나로서는 이야기하고 싶지 않은 때, 무어라 형언할 수 없는 그런 시간이었다. 형무소 아래층 여기저기에서 저녁 소리가 고요한 행렬로 올라오는 그러한 때였다. 나는 천장으로 뚫린 창문에 다가서서 마지막 빛 속에 있는 내 모습을 들여다보았다. 여전히 무뚝뚝한 표정이었으나 그다지 놀라울 것도 없었다. 나는 그때 사실 무뚝뚝한 얼굴을 하고 있었으니까. 그러나 나는 그와 동시에 몇 달 이후 처음으로 내 목소리를 똑똑히 들었다. 나는 그것이 오래전부터 내 귀에 울리고 있던 소리임을 알아차리고 그동안 내가 혼자서 이야기를 해온 것임을 깨달았다. 그때 나는 어머니의 장례식 날 간호사가 해준 이야기를 떠올렸다. 정말 어찌할 도리가 없었다. 형무소 안의 저녁이 어떤지 아무도 상상할 수는 없는 것이었다.

3

그 여름은 빨리 지나갔고 다시 여름이 돌아왔다. 첫더위가 다가오자 내게 새로운 일이 일어나리라는 것을 나는 알고 있었다. 나의 사건은 중죄 재판소의 맨 나중 회기에 심의할 예정으로 기록되어 있었는데 그 회기는 6월로 끝나는 것이었다. 변론이 시작되었을 때 밖에서는 햇빛이 무르녹고 있었다. 나의 변론이 2, 3일 이상 계속되지 않을 것이라고 변호사는 확신했다.

"지금 당신 사건이 이번 회기에서 제일 중요하진 않으니 재판정에서도 서두를 겁니다. 뒤이어 부모 살해 사건을 심의하게 되니까요."

하고 그는 덧붙였었다.

나는 아침 7시 반에 불려 호송 마차로 재판소까지 이송되었다. 그리고 헌병 두 사람의 지시에 따라 어둠침침하고 작은 방으로 들어갔다. 우리는 거기에 앉아 대기했는데 옆에 문이 하나 있어서 그 뒤쪽으로 말소리, 이름 부르는 소리, 의자 소리, 동네 명절놀이에서 음악 전주가 끝나고 춤 출 수 있게 방을 정리하는 때를 연상시키는 뒤숭숭한 소리가 들려왔다. 재판이 열릴 때까지 대기해야 한다고 헌병들은 말하고, 그중 한 명이 담배를 권했으나 나는 거절했다. 조금 후에 그는 나더러 "떨리느냐?"고 묻기에 아니라고 답했다. 어떤 의미에서 재판 광경을 본다는 것이 흥미롭기까지 했다.

살아오면서 한 번도 그런 기회를 가져보지 못했던 것이다.

"처음엔 볼 만하지, 그렇지만 나중엔 싫증나고 말아요."
하고 다른 헌병이 말했다.

얼마 후 조그만 벨 소리가 방 안에 울렸다. 헌병들은 내
수갑을 풀고 문을 열어 나를 피고석으로 들여보냈다. 법정에
는 사람들이 꽉 들어차 있었다. 커튼이 쳐지긴 했으나 여기
저기 햇빛이 새어 들어와 숨이 막힐 지경이었다. 유리창은
닫혀 있었다. 나는 의자에 걸터앉았고 헌병들도 좌우에 자리
를 잡았다. 내 앞에 나란히 열 지어 앉은 얼굴들이 눈에 들
어온 건 바로 그때였다. 모두 나를 쳐다보고 있었다. 나는
그들이 배심원이라는 걸 알았다. 그러나 그 얼굴들을 구별
짓는 특징을 말할 수가 없었다. 내가 받은 인상은 하나밖에
없었다. 말하자면 나는 전차 좌석을 앞에서 보는 식이어서
그 이름 모를 낯선 승객들이 웃음거리를 찾아보려고 이제
막 새로 올라탄 승객을 이리저리 훑어보는 것 같았다. 물론
그것이 어리석은 생각임을 나는 알고 있었다. 왜냐하면 그들
배심원이 찾고 있던 건 웃음거리가 아니라 죄였으니 말이다.
다만 그 차이는 그리 큰 것이 아니었다. 어쨌든 내 머리를
스친 것은 그런 생각들이었다.

나는 또 닫힌 방청석을 가득 메운 사람들 때문에 좀 어리

둥절했었다. 재판소 안을 둘러보았으나 아무 얼굴도 분별할 수 없었다. 처음에는 그 모든 사람들이 나 하나를 보려고 모여들었다는 사실 자체를 이해할 수가 없었다. 여태 사람들은 나에게 아무런 관심을 갖고 있지 않았다. 나라는 사람이 그런 야단법석의 한 원인이라는 것을 이해하려면 노력이 필요했다.

"웬 사람들이 이렇게 많을까!"
하고 내가 헌병에게 말하자 헌병은 신문기자 때문이라고 대답하고 배심원석 아래 책상 옆에 자리 잡은 사람들을 가리키며 말했다.

"저기들 와 있군."

"누구 말이오?"
하고 나는 물었다.

"신문기자들 말이오."
하고 그는 다시 대답했다.

헌병과 서로 아는 사이였는지 기자 한 사람이 헌병을 보고 우리들 쪽으로 걸어왔다. 기자는 나이가 꽤 들어보였고 얼굴은 약간 찌푸렸으나 호감은 가질 수 있는 사내였다. 그는 매우 다정하게 헌병의 손을 잡았다. 그때 나는 마치 클럽에서 같은 동아리 사람들끼리 만나서 인사를 나누듯 각각의 사람들이 서로 아는 얼굴을 찾아 이야기를 걸고, 주고받는 것을 보았다. 어쩐지 나는 불청객 같았고 그 자리엔 필요 없는 존재라는 기묘한 생각이 들었다. 그러나 신문기자는 웃음을 띠며 내게 말을 걸었다. 그는 모든 게 나에게 유리하게 되기를 바란다고 말했다. 나는 감사하다고 말했다.

"우리 신문에서 당신 사건을 좀 다루었습니다. 여름은 신문으로서는 경기가 없는 시기죠. 기사거리가 될 만한 것이라곤 당신 사건하고 부모 살해 사건밖엔 없었어요."
하고 그는 덧붙였다.

그리고 그가 방금 앉아 있던 자리에 있는 사람들 가운데 좀 뚱뚱하고 검은 테의 커다란 안경을 쓴 키가 작은 사내 한 사람을 가리키며 저이가 『파리 신문』의 특파원이라고 했다.

"당신 사건 때문에 온 건 아니에요. 부모 살해 사건에 관해 취재하러 왔는데, 당신 사건도 함께 기사로 만들어 보려고 해요."

하마터면 나는 그 말에 대해서도 감사하다고 말할 뻔했다. 그러나 그건 우스운 일이라는 생각이 들었다. 기자는 내게 조그맣고 다정한 손짓을 해보인 뒤 가 버렸다. 우리는 또 몇 분 동안 더 기다렸다.

나의 변호사는 법관복을 입고 여러 동료들에게 둘러싸여

들어왔다. 그는 신문기자들에게 가서 악수를 하였다. 그들은 농지거리를 하며 웃는 등 아무 일도 없다는 듯한 태도였는데, 마침내 법정 안에 벨이 요란스럽게 울렸다. 모두들 자기 자리에 앉았다. 나의 변호사는 내게로 와서 손을 잡아 흔들며 질문을 받으면 짤막하게 대답하고 이쪽에서 먼저 뭐라고 말하지 말라고 이르고 나서 그 밖의 일은 자기에게 맡기라고 말했다.

왼편에서 의자를 뒤로 당기는 소리가 들리더니 붉은 법복을 입고 코안경을 걸친, 키가 크고 호리호리한 사나이가 조심스레 옷을 추스르며 앉았다. 그는 검사였다. 서기 한 사람이 개정(開廷)을 예고했다. 동시에 두 개의 커다란 선풍기가 돌아가기 시작했다. 세 사람의 판사 중 두 명은 검은 옷을 입고 한 명은 붉은 옷을 입었는데, 서류를 가지고 들어와서 실내를 한눈에 내려다볼 수 있는 단상으로 빨리 걸어 올라갔다. 붉은 옷을 입은 사나이는 중앙에 자리 잡고 앉아서 앞에 둥근 모자를 벗어 놓고 조그만 대머리를 손수건으로 닦고 나서 재판 개시를 선언하였다.

신문기자들은 벌써 손에 만년필을 들고 있었다. 그들은 모두 무관심하고 냉소적인 태도였다. 그러나 플란넬 옷을 입고 푸른 넥타이를 맨 아주 젊은 청년 하나는 만년필을 앞에 놓은 채 나를 바라보고 있었다. 약간 균형이 잡히지 않은 듯한 그의 얼굴에서 나는 매우 맑은 두 눈밖에 보이지 않았다. 그 눈은 물끄러미 나를 보고 있었는데 이렇다 할 아무것도 떠오르지 않았다. 나는 문득 내 자신이 나를 바라보는 듯한 야릇한 인상을 받았다. 아마도 그 때문에 그리고 내가 그곳의 관습을 몰랐기 때문에 나는 뒤이어 일어난 모든 일을 잘 이해할 수 없었다. 배심원의 추첨, 변호사, 검사, 배심원들에 대한 재판장의 질문(질문을 받을 때마다 배심원들의 머리가 일제히 재판장석으로 향하곤 했다.) 기소장의 빠른 낭독— 그 속에서 나는 지명들과 인명들을 알아들을 수 있었다— 그리고 다시 변호사에 대한 질문.

재판장은 증인 호출을 하겠노라고 말했다. 서기는 이름들을 불렀다. 그것이 내 주의를 끌었다. 여태까지 혼잡하던 방청객들 속으로부터 한 사람씩 일어서서 옆문으로 사라지는 것이 보였다. 양로원 원장, 문지기, 뻬레 영감, 레이몽, 마쏭, 쌀라마노, 마리.

마리는 내게 조그맣게 근심스러운 몸짓을 해 보였다. 나는 그들이 여태껏 내 눈에 보이지 않았던 것을 이상스레 여기고 있었는데 바로 그때 끝으로 이름이 불려서 셀레스트가 일어섰다. 그의 곁엔 언젠가 레스토랑에서 보았던 키가 자그마한 여자가 그 재킷을 입고 정확하고 단호한 자세로 앉아 있는 것도 보였다. 그녀는 나를 뚫어져라 쳐다보고 있었다. 그러나 재판장이 또 이야기를 시작하였기 때문에 나는 다른 생각을 할 시간적인 여유를 갖지 못했다. 정식 변론이 이제부터 시작될 것이라는 말을 하고 나서, 방청객들에게 조용하기를 요청할 필요는 없을 줄로 생각한다고 재판장은 말했다. 그는 사건의 변론을 공명정대하게 진행시키는 게 자기의 임무이며 자기는 사건을 객관적인 눈으로 보려고 한다고 했다. 배심원들이 내리는 결정은 정의의 정신에 입각해야 하며 조그만 사고라도 있으면 방청객들에게 퇴장을 명할 것이라고 이야기하였다.

더위는 점점 심해지자 방청객들이 신문지로 부채질을 하는 것이 보였다. 구겨진 종이 소리가 잇따라 났다. 재판장이 손짓하자 서기가 어디선가 짚으로 엮은 부채 세 개를 가져왔다. 세 사람의 판사가 즉시 부채를 사용했다.

바로 심문이 시작되었다. 재판장은 나에게 부드럽고 다정하게 느껴지는 어조로 질문했다. 다시금 나의 신분에 관한 물음을 받아서 귀찮기는 하였으나, 그건 당연한 일이라고 생각했다. 왜냐하면 어떤 사람을 다른 사람으로 잘못 알고 재판을 하면 안 되었기 때문이다. 재판장이 내가 한 일을 이야

기하는데 두서너 마디 말하고는 그때마다,

"그렇지요?"

하고 나에게 확인을 하였다. 그때마다 나는 변호사의 지시에 따라

"네, 그렇습니다."

하고 대답했다. 재판장은 매우 세밀히 이야기를 하였으므로, 시간이 오래 걸렸다. 그동안 줄곧 신문기자들은 받아쓰고 있었다. 그중 젊은 기자의 시선과 키가 자그마한 꼭두각시의 시선을 나는 줄곧 느끼고 있었다. 전차의 걸상 같은 좌석에 앉은 사람들은 모두 재판장에게 고개를 돌리고 있었다. 그는 기침을 하고 서류를 뒤지고 나서 부채질을 하며 내게로 몸을 돌렸다.

재판장은 나에게 이제부터 겉으로는 나의 사건과 아무 관계도 없는 듯이 보이지만, 실상은 매우 밀접한 관계를 가진 문제를 심의해야 하겠다고 말했다. 또 어머니 이야기를 하려는 것이려니 생각하고 그와 함께 그게 나에게는 몹시 귀찮게 여겨졌다. 왜 어머니를 양로원에 넣었느냐고 재판장이 물었다. 어머니를 모시고 부양할 돈이 없었기 때문이라고 나는 대답했다. 그것이 나에게 가슴 아픈 일이었느냐고 물었다. 나는 어머니도 그렇고 나도 그렇고 우리는 이미 서로 아무

것도 기대할 게 없었고 또 누구에게도 기대를 하지 않는 사이였다고 말했다. 그리고 우리는 각자 서로의 새로운 생활에 익숙해져 버렸다고 말했다. 그러자 재판장은 그 점에 관해서는 더 논의하지 않겠노라고 말한 다음 검사에게 다른 질문이 없느냐고 물었다.

검사는 절반쯤 나에게서 등을 돌리고 있었는데 그는 나를 보지 않고 재판장의 허락을 얻어 내가 아랍 사람을 죽일 생각으로 혼자서 샘으로 돌아갔는지 어떤지 알고 싶다고 말했다.

"아닙니다."

하고 나는 말했다.

"그렇다면 무기는 왜 가지고 있었으며, 바로 그곳으로 돌아간 이유는 무엇이오?"

나는 그것이 우연이었다고 대답했다. 검사는 거친 어조로 말했다.

"지금은 그만하겠습니다."

그리고는 모든 게 모호했다. 적어도 나에게는 그랬다. 그러나 잠시 의논을 하고 나서 재판정은 폐정을 선언하고 오후에 증인 심문이 있을 것이라고 말했다.

나는 생각해볼 겨를도 없었다. 나는 끌려 나와 호송 마차에 실려 형무소로 돌아와 점심을 먹었다. 매우 짧은 시간, 약간 피곤해지기 시작했을 때 나는 다시 불려 나갔다. 모든 것이 다시 시작되어 나는 같은 방 안에 같은 얼굴들 앞에 앉게 되었다. 다만 더위는 훨씬 더 심해져 있었다. 이제는 모든 배심원들, 검사, 변호사, 몇몇 신문기자들까지도 밀짚 부채를 손에 들고 있는 게 보였다. 젊은 기자와 자그마한 그 여자도 여전히 같은 자리에 있었다. 그러나 그들은 부채질을 하지 않고 아무 말 없이 여전히 나만 쳐다보고 있었다.

나는 얼굴에 흐르는 땀을 닦았다. 양로원의 원장 이름이 불리는 것을 들었을 때 비로소 그곳과 나 자신에 대한 의식을 얼마만큼 회복할 수 있었다. 어머니가 나에 대해 불평하더냐는 질문에 원장은 그렇다고 대답했고, 그러나 자식들에 대한 불평은 재원자들이 가진 일종의 괴벽이라고 말했다. 어머니가 양로원에 들어온 것에 대하여 나를 비난했느냐고 재판장이 따지듯 묻자 원장은 또 그렇다고 대답했다. 그러나 이번에는 아무 설명도 덧붙이지 않았다. 또 다른 질문에 그는 장례식 날 냉정한 나를 보고 놀랐었다고 말했다. 냉정했다는 것은 어떤 의미인지 판사가 물었다. 원장은 발부리를 내려다보고 나서 내가 어머니를 보려고 하지 않았고 한 번도 눈물을 흘리지 않았으며 장례식이 끝난 뒤에도 무덤 앞에서 묵도하지 않고 곧바로 물러났다고 말했다. 그를 놀라게 한 일이 또 하나 있었는데 장의사 일꾼 한 사람으로부터 내가 어머니의 나이를 모르더란 말을 들었다는 것이었다. 잠시 침묵이 있은 뒤 재판장은 원장에게 여태까지 한 말이 확실히 나에 관한 것이 틀림없느냐고 물었다. 원장이 그 질문의 뜻을 알아차리지 못한 것으로 판단한 재판장은

"법률상 그렇게 하는 것입니다."

하고 말했다. 그리고 재판장이 차장 검사에게 증인에 대한 질문이 없느냐고 묻자 검사는 이렇게 외쳤다.

"아, 없습니다. 그것으로 충분합니다."

그 목소리가 하도 억세고 내게로 향한 눈초리가 무시무시해서 나는 갑자기 처음으로 울고 싶은 생각이 들 정도였다. 거기 있는 모든 사람들이 나를 혐오하는 감정을 느낄 수 있는 순간이었다.

배심원들과 내 변호사에게 질문이 없는가 묻고 나서, 재판장은 문지기의 공개진술을 들었다. 그에게도 다른 모든 증인들과 마찬가지로 같은 절차가 반복되었다. 증인대에 나와 선 문지기는 나를 보고는 시선을 외면했다. 그는 질문에 대답하여 내가 어머니를 보고 싶어 하지 않았다는 것, 담배를 피웠다는 것, 잠을 자고 밀크 커피를 마셨다는 것 따위를 말

했다. 그때 나는 온 장내를 솟구치게 하는 무언가를 느꼈다. 더불어 새삼스레 자신이 죄인이라는 걸 느꼈다. 재판장은 문지기에게 밀크 커피 이야기와 담배 이야기를 한 번 더 시켰다. 차장 검사는 냉소의 눈초리로 나를 쏘아 보았다. 그때 나의 변호사가 문지기에게 그도 나와 함께 담배를 피우지 않았느냐고 물었다. 이 질문을 듣자 검사는 벌떡 일어서며 외쳤다.

"도대체 누가 죄인입니까? 증언의 불리함을 은폐하기 위해 죄과를 증인에게 뒤집어씌우는 일은 있을 수 없습니다. 어떻다 해도 이 증언이 치명적이라는 사실은 변하지 않습니다."

그렇지만 재판장은 질문에 대답하라고 문지기에게 말했다.

"제가 잘못했다는 건 잘 압니다. 그러나 그때는 저 분이 권한 담배를 거절하기가 미안했습죠."

영감은 당황하여 이렇게 말했다.

끝으로 나에게 덧붙일 말이 없느냐고 재판장이 물었다.

"없습니다. 다만 증인의 말이 옳다는 것을 말씀드립니다. 내가 그에게 담배를 권한 건 사실입니다."

하고 말했다.

그때 문지기는 약간 놀라면서 감사의 뜻을 품은 듯한 눈빛으로 나를 바라보았다. 그러더니 잠시 망설이다가 밀크 커피를 권한 것은 자기라고 말했다. 이때 나의 변호사는 기운을 얻은 듯 배심원들은 이 사실을 충분히 고려해야 한다고 외쳤다. 그러자 검사는 즉각 우리들 머리 위로 벼락같은 소리로 맞받아 고함쳤다.

"물론 배심원들께서는 그걸 고려하셔야 하겠지요. 그러나 배심원들께서는 아무런 관계도 없는 사람으로서 커피를 권할 수도 있었겠지만 아들로서 자기를 낳아 준 어머니의 시신 앞에서는 마땅히 그걸 사양했어야 한다는 결론을 내릴 것으로 믿습니다."

이제 문지기는 자기 자리로 돌아갔다.

또마 뻬레의 차례가 되었을 때는 서기가 그를 증인대까지 부축하고 왔다. 뻬레는 어머니를 알고 있었고, 장례식 날 나를 한 번 만났을 뿐이라고 말했다. 그는 그날 내가 무엇을 하였는가 하는 질문에 다음과 같이 대답했다.

"저는 그날 너무 슬퍼서 아무것도 보지를 못했답니다. 마음 속 슬픔 때문에 아무것도 눈에 보이지 않았어요. 저는 너무나 슬펐으니까요. 그래서 기절까지 했구요. 그래서 저분의 얼굴을 미처 보지 못했어요."

그러자 검사는 내가 눈물을 흘리더냐고 그에게 물었다. 뻬레는 보지 못하였다고 말했다. 그러자 이번에도 검사가 말했다.

"배심원들께서는 이 점을 고려하시기 바랍니다."

그러나 나의 변호사는 화를 내며 지나칠 정도로 목청을 돋우어서 뻬레에게 내가 눈물을 흘리는 걸 보았느냐고 물었다. 뻬레는 못 보았다고 말했다. 방청객들이 웃었다. 이때 나의 변호사는 한쪽 소매를 걷어붙이면서 강한 어조로 응수했다.

"이 사건은 전부가 이런 식입니다. 모든 게 사실이라지만 사실인 건 하나도 없어요."

그러나 검사는 무표정한 얼굴로 기록문서의 제목을 연필로 쿡쿡 찌르고 있었다.

5분 동안 휴식이 선포되었다. 쉬는 사이에 변호사가 나에게 다가와 모두 잘 되어 간다고 말했다. 휴식이 끝나자 피고측 요구로 호출된 쎌레스트의 공개진술이 있었다. 나의 처지를 변호하기 위한 것이었다. 쎌레스트는 때때로 내게 시선을 던지며 두 손으로 파나마모자를 돌렸다. 그는 새 옷을 입고 있었는데 그건 가끔 일요일 날 나와 함께 경마 구경을 갈 때 입던 것이었다. 그러나 칼라는 붙일 수가 없었는지 셔츠를 구리 단추로 채워 놓았다. 내가 그의 손님이었느냐는 질문에 그는

"손님 맞습니다. 그렇습니다. 하지만 또 친구이기도 합니

다."

하고 말했다.

나를 어떻게 생각하느냐는 물음에 대해서 그는 나를 사나이로 생각한다고 대답했다. 사나이가 무얼 의미하느냐고 묻자, 그는 그것이 무슨 뜻인가는 누구나 다 알 거라고 말했다. 내가 내향적인 성격이냐고 묻는 질문에는 내가 공연한 말을 하지 않는 사람이었음을 인정했다. 내가 식비는 어김없이 치렀느냐고 차장 검사가 묻자, 쎌레스트는 웃으며 이렇게 말했다.

"그건 사사로운 일입니다."

다시 살인행위를 어떻게 생각하느냐는 질문을 받자, 그는 증인대 위에 손을 올려놓았는데, 할 말을 미리 준비해 온 것 같았다.

"저의 생각으로는 그건 확실히 불행한 일이었습니다. 불행이 무언지는 누구나 압니다. 불행이라는 건 어쩔 도리가 없지요. 확실히 그건 하나의 불행입니다."

그는 말을 더 하려 했으나, 재판장이 그만 되었다며 말을 끊었다. 쎌레스트는 약간 당황하더니 자기는 좀 더 이야기를 하고 싶다고 말했다. 재판장은 그러면 간단히 말하라고 했다. 그러나 쎌레스트는 또다시 그건 하나의 불행이라고만 되풀이하였다. 다시 재판장이 말했다.

"네, 잘 알았어요. 지금 우리의 할 일은 그러한 불행을 심판하는 것입니다. 수고했습니다."

자기로서는 성심을 다 했으나 이젠 어쩔 수 없었다는 표정을 지으며 쎌레스트는 나에게로 고개를 돌렸다. 눈은 번쩍이고 입술이 떨리는 게 보였다. 나를 위하여 자기가 뭔가 좀 더 할 수 있는 것이 없을까, 나에게 묻는 듯했다. 나는 아무 말도 하지 않고 아무런 몸짓도 하지 않았으나 한 사람을 껴안고 싶은 충동이 생긴 것은 그때가 처음이었다. 재판장은 그에게 증인석에서 물러나도록 지시했다. 쎌레스트는 법정 좌석으로 가서 앉았다. 그는 나머지 심문이 끝날 때까지 몸을 약간 앞으로 기울인 채 무릎에 팔꿈치를 괴고 파나마모자를 두 손으로 잡고서는 멍하니 모든 이야기에 귀를 기울였다.

마리가 들어왔다. 모자를 쓴 모습이 여전히 아름다웠다. 하지만 나는 머리카락을 풀어 놓았을 때가 더 좋다고 생각했다. 내가 앉아 있는 곳에서 그녀의 볼록한 젖가슴이 보였다. 아랫입술이 조금 부푼 모습도 여전했다. 매우 들뜬 상태였다. 그녀는 언제부터 나를 알았느냐는 질문을 받자, 예전에 같은 회사에서 일했다고 말했다. 재판장은 나와 어떤 사이인지를 알고 싶어 했다. 친구 사이라고 마리는 말했다. 또 다른 질문에 대하여 나와 결혼을 할 예정이라고 말했다. 서류를 뒤적이던 검사가 갑자기 언제부터 우리 관계가 시작되었느냐고 물었다. 마리는 우리가 처음 관계를 가졌던 날짜를 말했다. 검사는 태연한 기색으로 어머니의 장례식 다음날이라고 지적했다. 그리고는 약간 빈정대는 말투로, 속속들이 사정을 더 캐묻고 싶지는 않지만, (여기서 그의 어조는 딱딱해졌다.) 자기의 의무상 부득이하게 예의를 초월하여 질문할 수밖에 없다는 점을 말했다. 그리고는 마리에게 나와 관계를 맺게 된 그날 하루의 일을 요약해서 말해달라고 했다. 마리는 내키지 않아 했으나 검사의 강권에 못 이겨 그날 해수욕 갔던 일, 영화관에 갔던 일, 그리고 둘이서 집으로 돌아온 일을 이야기했다. 차장 검사는 예심에서 이미 마리의 진술을 듣고 그날 본 영화의 제목을 조사해 보았다고 전제한 다음, 그때 무슨 영화를 보았는지 마리 자신의 입으로 말해달라고 부탁했다. 마리는 겁에 질린 목소리로 그 영화는 페르낭델이 주연한 영화였다고 대답했다. 그러자 장내에는 적막이 흘렀다. 검사는 일어서서 심각한 어조로 그리고 뭔가 격한 감정이 이는 듯한·목소리로 내게로 손가락질 하면서 천천히, 또박또박 끊어 말하였다.

"배심원 여러분, 이 사람은 어머니가 사망한 바로 그 다음 날 해수욕장에 가고 여자와 쾌락을 즐겼으며, 희극 영화를 보면서 희희낙락한 겁니다. 이제 다시 더 말할 필요가 있겠습니까?"

법정 안에 여전히 침묵이 흐르는 가운데 검사는 말을 끝맺고 자리에 앉았다. 마리가 갑자기 흐느껴 울기 시작했다. 그러면서 그건 사실이 아니라고 말했다. 사실인즉 사람들이 억지로 자기가 생각하는 것과 반대되는 이야기를 시켰다는 것이다. 마리 자신은 나를 잘 알고 있으며 나는 아무 나쁜 짓도 하지 않았다고 말했다. 그때 재판장이 손짓을 했고 서기가 마리를 데리고 나갔다. 심문은 다시 계속되었다.

마쏭이 나서서 나는 얌전한 사람이며 성실한 사람이라고 말했지만 아무도 들어주는 사람이 없었다. 쌀라마노도 내가 자신의 개가 실종되었을 때 친절을 보여주었다고 말했고, 나와 어머니에 관해 물었을 때는 내가 어머니에게 할 말이 없었고 그 때문에 내가 어머니를 양로원에 넣은 것이라고 변호해 주었으나 역시 들어 주는 사람이 거의 없었다.

"알아주세요. 좀 알아주세요."
하고 쌀라마노는 말하고 있었다.

그러나 알아주는 사람은 하나도 없었다. 그도 밖으로 끌려 나갔다.

　마지막 증인으로 레이몽이 나왔다. 레이몽은 나에게 슬쩍 손짓을 해 보이고 다짜고짜 나에게는 죄가 없다고 말하였다. 그러자 재판장은 그에게 요구하는 게 판정이 아니라 사실이라고 말했다. 재판장은 그에게 질문을 기다렸다가 질문에만 답하도록 주의를 주었다. 그와 피해자와의 관계가 어떠했느냐는 질문이 있었다. 레이몽은 기회를 봐서 그가 피해자의 누이의 뺨을 때린 후 피해자가 자기를 미워했다고 말했다. 그러나 재판장은 피해자가 나를 미워할 이유가 있었는지를 물었다. 레이몽은 내가 바닷가에 같이 있던 것이 우연이었다고 말했다. 검사는 그렇다면 사건의 발단이 된 그 편지가 어째서 나의 필체로 되어 있느냐고 물었다. 레이몽은 그것도 사실 우연이라고 대답했다. 검사는 이 사건에 있어서 우연은 진상을 왜곡하는 일이라고 반박하였다. 레이몽이 정부의 뺨을 때렸을 때 내가 말리지 않은 것도 우연인지, 내가 경찰서에 가서 증인이 되었던 것도 우연인지, 그때 나에 대한 증언이 순전히 호의적이었던 것도 우연인지 알고 싶다고 말했다. 검사는 끝으로 직업이 무엇이냐고 레이몽에게 물었다.

　“창고 감독”

이라고 레이몽이 대답하자, 차장 검사는 배심원들에게 증인이 기둥서방 노릇을 업으로 한다는 걸 누구나 다 알고 있다고 말했다. 나는 그의 공범자요, 친구이며, 그러므로 내 사건은 가장 비루한 종류의 음란한 범죄 사건이요, 더욱이 피고는 흉악하기 짝이 없는 파렴치한이라고 말했다. 레이몽은 그에 대해 변명하려 했고, 나의 변호사도 항의하였으나 재판장은 검사에게 이야기를 끝마치라고 하였다. 검사는

"나는 더 길게 말하지 않겠습니다."

하고 말한 다음 레이몽에게

"피고는 당신 친구입니까?"

하고 물었다.

"네, 제 친구입니다."

하고 레이몽이 대답했다.

그러자 검사가 나에게도 같은 질문을 하였다. 나는 레이몽을 바라보았다. 그는 내게서 눈을 돌리지 않았다.

"네, 그렇습니다."

하고 나는 대답했다.

검사는 그때 배심원들에게로 돌아서며 말했다.

"어머니가 사망한 다음날 애인과 정사에 골몰한 이 사람은 대수롭지도 않은 이유로 무어라 말할 수 없는 풍기문란 사건을 결말지으려고 살인을 저지른 겁니다."

검사는 이야기를 마치고 자리에 앉았다. 그때 나의 변호사는 참다못해 두 팔을 높이 쳐들며 외쳤다. 그 때문에 소매가 흘러내려 풀 먹인 셔츠의 주름이 드러났다.

"도대체 피고는 살인으로 기소된 겁니까, 아니면 어머니를 매장한 것으로 기소된 겁니까?"

방청객들이 웃었다.

그러나 검사는 다시 일어나 법관복을 바로 고쳐 입더니, 존경할 만한 변호인의 순진성을 갖지 않고서는 그 두 가지 사실 사이에 놓인 근본적이고 충격적이며 본질적인 관계를 느끼지 않을 수 없다고 외쳤다.

"그렇습니다."

하고 그는 힘껏 외쳤다.

"범죄인의 마음을 가지고 자기 어머니를 매장했으므로 나는 이 사람의 죄를 논고하는 것입니다."

이 논고는 방청객들에게 커다란 반향을 일으킨 듯했다. 변호사는 어깨를 들썩하더니 이마에 흐르는 땀을 닦았다. 그에게도 동요된 빛이 느껴졌고, 나도 사태가 내게 유리하지 않게 돌아간다는 걸 깨달았다.

그 후에는 모든 게 빨리 진행되었다. 심문이 끝나고 재판소에서 나와 차를 타러 나가는 짧은 순간 동안 나는 여름 저녁의 향기와 빛깔을 느꼈다. 어둑한 호송차 안에서 내가 좋아했던 어떤 시가지의 거리며 이따금 스스로 포만감을 느끼게 하는 귀에 익은 소리들을 피로해진 마음에서 불러내듯이 하나씩 다시 들을 수 있었다. 이미 누그러진 대기에서 들려오는 신문 장수들의 외침, 공원에서 들려오는 새 소리, 샌드위치 파는 장사꾼의 부르짖음, 높은 시가지의 구부러진 길목에서 울려나오는 전차의 기적 소리, 항구로 땅거미가 내려앉을 무렵 하늘에 울려 퍼지는 아득한 소리―그러한 모든 것이 나에게는 소경이 더듬는 길 같은 걸 떠올리게 하고 있었다. 그곳은 형무소에 들어오기 전에 내가 잘 알고 있던 길이었다.

그렇다. 그때는 오랜 옛날 내가 스스로 만족감을 느끼던 시간이었다. 그때, 언제나 나를 기다리고 있던 건 가볍고 꿈도 없는 잠이었다. 그러나 이제는 달라졌다. 이제는 기약 없는 내일을 기다리며 나의 감방으로 들어가야 하기 때문이었다.

4

피고석에 앉아서 자기 이야기를 듣는 건 흥미로운 일이다.

검사와 변호사 사이에 변론이 벌어지는 동안 사람들은 내 이야기를 많이 했다. 나의 범죄 이야기보다도 더 많이 내 이야기를 하는 것 같았다. 양쪽의 변론이 차이가 많았던 것일까? 변호사는 팔을 쳐들고 범죄를 인정하되 변명을 덧붙였고, 검사는 삿대질을 하며 유죄를 고발하여 변명의 여지를 주지 않으려 하는 것이 달랐다. 그런데 나로서는 좀 난처한 일이 하나 있었다. 나는 스스로 생각에 정신이 팔려 있었지만 때때로 나도 얘기 한마디를 하고 싶었던 것이다. 그때마다 변호사는

"가만히 있어요, 그래야 일이 잘 진행됩니다."
하고 말하는 것이었다.

그러니까 이 사건은 나와는 아무런 관계없이 취급되고 있었다. 나를 참여시키지 않고 모든 일이 진행되고 있었다. 나의 의견을 물어 보지도 않은 채 나의 운명이 결정되고 있었다. 간혹 나는 다른 사람들의 이야기를 가로막고 이렇게 외치고 싶었다.

"도대체 누가 피고입니까? 피고라는 건 중요합니다. 그러니 나도 할 말이 있습니다."

그러나 잘 생각을 해보면 할 이야기가 아무것도 없었다. 그리고 사람들에게 관심을 갖는 흥미는 오래 지속되지 않는

다는 것을 나는 인정하지 않을 수 없었다. 예를 들어 검사의 변론은 내게 대수롭지 않게 여겨졌다. 나의 관심을 끌거나 흥미를 일으킨 것은 단지 단편적인 말, 몸짓이나 전체와는 동떨어진 한 토막의 변설 같은 것들이었다.

내가 이해한 바로는 검사는 내가 범죄를 미리 계획했다고 주장했다. 그는 그걸 증명하려고 했고 이렇게 말하고 있었다.

"그것을 증명할 수 있습니다. 나는 그것을 두 가지로 증명할 수 있습니다. 첫째는 명백한 사실에 비추어서, 둘째는 사악한 마음씨와 음흉한 심리 상태에 비추어서 증명할 수 있습니다."

검사는 어머니가 죽은 뒤의 사실들을 요약했다. 내가 어머니의 죽음에 냉담했다는 것, 어머니의 나이조차 몰랐었다는 것, 장례식 다음날 여자와 함께 해수욕을 갔다는 것, 페르낭델의 영화를 보고 끝으로 마리와 함께 집으로 돌아왔다는 것을 지적했다. 그때 나는 그의 말을 이해하는데 퍽 시간이 걸렸다. 그가 '정부'라는 말을 썼기 때문이었다. 그러나 나에게는 마리였을 따름이었다. 그리고 검사는 레이몽 이야기를 했다. 사건을 보는 그의 방식이 여간 명석한 게 아니었다. 그의 이야기를 들으면 그럴 듯했다. 나는 레이몽과 합의해서 그의 정부를 꾀어다가 '성품이 불측스러운' 사나이의 흉악한 행위에 맡기려고 편지를 썼다는 것이고, 바닷가에서는 내가 레이몽의 적들에게 대들었다는 것이었다. 레이몽이 다쳤기 때문에 내가 레이몽에게서 권총을 받아와서는 혼자 그걸 사용할 생각으로 바위 있는 데로 되돌아갔다는 것이며, 그래서 계획대로 아랍 사람을 쏘아 죽였다는 것이었다. 그리고는 조금 기다렸다가 '일이 잘 되었음을 확인하기 위하여' 다시 네 발의 탄환을 태연하게, 말하자면 확실하고 명확한 의식으로 쏘았다는 것이었다.

위와 같이 검사는 말했다.

"나는 여러분께 이 사람이 뻔히 알면서 살인하게 된 사건의 경위를 말씀드렸습니다. 나는 이 점을 강조하고자 합니다. 이것은 보통의 흔한 살인, 정상 참작하여 관대하게 봐줄 수 있는 행동이 아닙니다. 여러분, 이 사람은 지식도 갖고 있습니다. 이 사람의 진술을 지금 여러분도 듣지 않았습니까? 그는 대답할 줄도 알고 단어 뜻도 잘 알고 있습니다. 그러니 자기가 한 일을 모르고 행동했다고 할 수가 없습니다."

그의 말에 귀를 기울이던 나는 그가 날 지식 있는 사람이라고 하는 말을 들었다. 그러나 보통 사람이라면 누구나 가진 능력이 어떻게 한 사람의 범인에게 매우 불리한 조건이 되는지를 잘 이해할 수 없었다. 이 생각으로 가득 차 그 후

에는 검사의 말을 귀담아 듣고 있지 않았으나, 이윽고 그의
말이 다시 들렸다.

"피고가 후회하는 기색을 보이기라도 했나요? 여러분, 조
금도 없었습니다. 예심 때도 이 사람은 자기의 가증스러운
범행을 뉘우치고 후회하는 기색이 전혀 없었습니다."

그리고 돌아서서는 손가락으로 나를 가리키며 이야기를
계속 늘어놓았는데, 나는 그가 그러는 이유를 알 수가 없었
다. 사실 그의 이야기가 맞기는 했다. 나는 나의 행동을 그
다지 뉘우치고 있지는 않았다. 하지만 그렇다고 해서 저렇게
노발대발한다는 게 내게는 놀라웠다. 나는 그에게 다정하게
최대한 애정을 갖고서 내 입장에서는 정말로 무엇을 후회할
수가 없었다고 설명해주고 싶었다. 나는 언제나 앞으로 나에
게 일어날 일, 오늘 일, 또는 내일 일에 마음이 쏠려 있었기
때문이다. 그러나 물론 지금 내 처지로는 누구에게도 그런
투로 말할 자격은 없었다. 나에게는 다정한 태도를 취하거나
선의를 가질 권리가 박탈되고 있었다. 검사는 다시 영혼에
관한 이야기를 시작했으므로 나는 귀를 기울였다.

검사는 나의 영혼을 들여다보았으나 어떤 것도 찾아볼 수
없었다고 배심원들에게 말했다. 영혼이라는 것을 나에게는
찾아볼 수 없고 인간다운 점이라곤 조금도 없으며 인간의

마음을 보전하는 도덕적 원리가 나와는 모두 인연이 멀다고
말했다.

"아마도"

하고 그는 말을 이었다.

"우리는 그걸 비난할 순 없을 겁니다. 그가 가질 수 없는
것이 그에게 없다는 사실을 나무랄 수는 없는 일입니다. 그
러나 이 법정에서는 소극적인 관용의 의기(義氣)보다 더 높
은 의기가 필요합니다. 특히 이런 사람에게서 볼 수 있는 심
리적 공허가 사회 전체를 삼켜 버릴 심연이 될 수 있으므로
더더욱 그렇습니다."

그리고 또다시 어머니에 대한 나의 태도를 논했다. 변론
중에 한 말을 그는 다시 반복했다. 그러나 그것은 나의 범죄
를 이야기할 때보다도 더 길었다. 너무 길어져서 마침내 나
는 너무 덥다는 느낌 밖에 아무 생각도 할 수 없게 되었다.
조금 있다가 차장 검사는 잠시 말을 끊었다. 그리고는 다시
매우 나지막히 확신에 찬 목소리로 다음과 같이 말했다.

"이 법정은 내일 가장 가증스러운 범죄, 부모를 살해한 범
행을 심판하게 됩니다."

그의 말에 의하면 이 잔학한 범죄는 상상조차 할 수 없다
는 것이었다. 그는 인간 사회의 율법이 엄중한 처단을 내리

기를 바란다고 말했다. 그러나 그 범행이 일으키는 전율이 나의 무감각함에 대해 느끼는 전율보다는 오히려 덜하다는 것을 서슴지 않고 말할 수 있다고 단언했다. 그의 말에 의하면 정신적으로 어머니를 죽이는 사람은 아버지를 제 손으로 죽이는 사람과 마찬가지로 인간 사회에서 제거되어야 한다는 것이었다. 어쨌든 전자는 후자의 행위를 준비하는 것이며, 말하자면 그러한 행위를 예고하고 승인한다는 것이었다.

"여러분, 나는 확신합니다."

하고 그는 목소리를 높여서 덧붙였다.

"여기에 앉아 있는 피고는 이 법정이 내일 판결을 내리게 될 살인죄를 범한 것이나 다름없다고 단언해도 저의 생각이 결코 지나친 것이라고 생각하지 않습니다. 그러므로 이 사람은 매우 엄중한 형벌을 받아야 할 것입니다."

여기에서 검사는 땀으로 번들거리는 얼굴을 닦았다. 끝으로 그는 자기 의무는 괴롭지만 단호히 그것을 수행할 것이라고 말했다. 나는 사회의 가장 근본적인 율법을 무시하고 있으므로 이 사회와는 아무 관계도 없는 존재이며 인간이 가진 마음에서 가장 기본적인 반응도 모르는 사람이므로 인정에 호소할 수도 없다고 말했다.

"그러므로 나는 이 사람에 대하여 사형을 요구하는 바입니다. 사형을 요구해도 과하다고 생각지 않습니다. 짧지 않은 재직 기간 중에 나는 여러 번 사형을 요구한 일이 있었지만, 오늘 나는 이 괴로운 의무가 신성한 지상명령이란 의식을 느끼고 있으며 흉악함 외에는 아무것도 찾아볼 수 없는 이 한 사람의 얼굴을 앞에 놓고 느끼는 전율감에 당연히 요구할 것을 요구하고 있으므로 마음이 가볍습니다.”

검사가 자리에 앉자 상당히 오랜 침묵이 흘렀다. 나는 더위와 놀라움 때문에 어리둥절했다. 재판장이 잔기침을 하고 나서 나지막한 어조로 덧붙일 말은 없느냐고 나에게 물었다. 나는 이야기하고 싶었으므로 일어서서 그저 생각나는 대로 아랍 사람을 죽이려는 의도는 없었다고 말했다. 재판장은 그건 하나의 주장이라고 대답하고 아직 나의 변론 내용을 잘 알 수 없으니 변호사의 말을 듣기 전에 내가 그러한 행동을 하게 된 동기를 명확히 말해 주면 좋겠다고 했다. 나는 빠른 어조로 말을 좀 얼버무리며 자신이 우습게 보인다는 사실을 알면서도 내가 살인을 한 것은 햇빛 때문이었다고 말했다. 장내에는 웃음이 일었다. 나의 변호사는 어깨를 으쓱해 보였다. 곧이어 그는 발언할 것을 지명 받았으나 시간도 늦고 자기의 진술이 여러 시간을 요할 것이니까 오후로 미루어 주면 좋겠다고 말했다. 법정은 이에 동의하였다.

오후에도 커다란 선풍기가 여전히 실내의 무더운 공기를 휘젓고 배심원들이 지닌 가지각색의 조그만 부채들은 모두 같은 방향으로 움직이고 있었다. 변호사의 변론은 언제 끝이 날지 모를 지경이었다. 그러나 문득 나는 귀를 기울였다.

"피고가 사람을 죽인 것은 사실입니다."

하고 그가 말했기 때문이다. 그 이후로도 그는 계속 그런 투로 이야기를 하며, 나를 말할 적마다 '피고'라고 말했다. 나는 크게 놀랐다. 나는 헌병에게 몸을 굽혀 그 이유를 물었다. 헌병은 가만히 있으라고 말하고 나서 조금 있더니,

"변호사들은 모두 그렇게 말한다네."

고 덧붙였다. 나로서는 이런 상황이 나를 사건에서 제쳐 놓고, 나를 투명인간으로 만들어 버리는 것이고, 이를테면 그가 대역을 하는 식이라 생각했다. 그러나 내 주의는 벌써 법정에서 매우 멀어져 있었던 것 같다. 그리고 변호사는 우스워 보였다. 그는 빠른 어조로 나의 가해 행위를 변호하고 나서 그도 역시 내 영혼에 관해 이야기했다. 그러나 검사에 비해 언변이 훨씬 부족해 보였다.

"저 역시 피고의 넋을 들여다보았습니다만 탁월하신 검사님의 의견과는 반대로 나는 무엇을 발견할 수 있었습니다. 그뿐만 아니라 펼친 책을 읽듯 환히 볼 수 있었다고 말할 수

있습니다."

나는 성실한 인물이요, 규칙적이고, 근면하고, 일하고 있던 회사에 충실했으며, 모든 사람들로부터 호평을 받고, 다른 사람의 불행을 동정하는 사람이었다는 것을 그는 읽어낼 수 있었다는 것이다. 그의 의견에 따르면 나는 힘이 닿는 한 정성껏 오랫동안 어머니를 부양한 모범적인 아들이었다. 나중에는 내가 자력으로는 도저히 드릴 수 없는 연로한 어머니의 안락한 생활을 양로원이 베풀어 줄 수 있으리라 기대했다는 것이다.

"여러분, 그 양로원에 관해 이러니저러니 그렇게도 많은 논의가 있었다는 게 차라리 이상하다고 생각합니다. 만일 그런 시설의 유익함과 고귀함에 대한 증거를 제시해야 한다면 국가가 바로 그런 시설을 보조한다 것을 강조하지 않을 수 없습니다."

하고 그는 덧붙였다.

장례식에 관해서는 아무 말이 없었다. 그게 그가 내린 결론의 결함이라는 것을 나는 느꼈다. 그러나 그러한 장광설들 여러 날 동안 내 영혼에 관하여 이야기한 그 한없이 긴 시간 때문에 나는 모든 게 빛깔 없는 물처럼 되어 버려 그 속에서 현기증을 느꼈다.

나중에는 변호사가 이야기를 계속하는 동안, 다른 방들과 법정의 모든 공간을 거쳐서 거리에서 부는 크림 장수의 나팔 소리가 내 귀까지 울려왔다. 나는 마침내 이미 내 것이 아닌 삶, 그러나 거기서 내가 극히 빈약하나마 집요하게 기쁨을 누린 삶의 추억에 사로잡히기 시작했다. 여름철의 냄새, 내가 좋아하던 거리, 그 어느 날 저녁의 하늘, 마리의 웃음과 옷차림. 그곳에서 내가 했던 쓸데없는 모든 일에 대한 역겨움이 목까지 치밀어 올라 나는 어서 재판이 끝나고 감방으로 돌아가서 잠이나 잤으면 하고 바라게 되었다. 변호사는 끝으로 배심원들이 일시적인 실수로 소행을 그르친 성실한 근로인을 사형에 처하도록 하지는 않을 것이라 외치고, 내가 이미 가장 확실한 처벌로서 영원히 뉘우치고 있는 그 범죄에 대하여 정상 참작을 요구하는 것도 내 귀에는 거의 들리지 않았다. 법정은 심문을 중단했고, 변호사는 피곤한 빛을 보이며 자리에 앉았다. 그의 동료들이 달려와서 그의 손을 잡았다.

"참 훌륭했어."

하는 말이 들렸고 그 중의 한 사람은 나를 증인 삼아

"그렇지요?"

하고 말하기까지 했다.

나는 동조하는 표시를 했으나 진심에서 우러나온 것은 아니었다. 나는 너무나 피곤했다.

밖에는 해가 기울었고 더위는 다소 가라앉았다. 한길에서 들려오는 소리들로 나는 저녁의 부드러움을 추측할 수 있었다. 우리들은 모두 거기서 기다리고 있었는데 그것은 나 한 사람에 관계되는 일이었다. 나는 다시 한 번 장내를 둘러보았다. 모든 게 첫날과 똑같은 상태였다. 나는 회색 윗옷을 입은 신문기자와 꼭두각시 같은 여자와 눈이 마주쳤다. 그러다가 재판 중에 한 번도 눈으로 마리를 찾아보지 않았다는 생각을 했다. 나는 마리를 잊어버리지는 않았으나 할 일이 너무나 많았던 것이다. 마리는 쎌레스트와 레이몽 사이에 있었다. 그녀는 "이제야 끝이 났어요." 하는 듯이 나에게 조그맣게 손짓을 했다. 그리고 그녀는 약간 근심스런 얼굴이었으나 미소를 보이려고 애썼다. 그러나 나는 마음이 닫혀 있어서 그 미소에 반응조차 할 수 없었다.

공판이 재개되었다. 매우 빠른 어조로 배심원들에 대한 여러 가지 질문이 낭독되었다.

"살인죄"…… "가해 행위"…… 그러한 말들이 잇따라 들렸다. 배심원들이 나가고 나서 나는 앞서 기다렸던 방으로 끌려갔다. 변호사가 따라와서 매우 수다스럽게, 여느 때보다도 더욱 자신 있고 다정한 태도로 말했다. 모든 게 잘 될 것이므로 몇 년 동안 금고나 징역을 치르면 그만일 것이라고 그는 말했다. 만약에 판결이 불리할 경우에 파기할 수도 있느냐고 나는 물었다. 그럴 수는 없다고 그는 대답했다. 배심원측에게 나쁜 감정을 사지 않도록 이편의 결론적인 요구를 말하지 않는 게 그의 전략이었다는 것이다. 그는 아무 이유 없이 판결을 파기하지는 못하는 법이라고 설명했다. 그것은 나에게도 명백한 것으로 생각되어 그의 주장을 수긍하지 않을 수 없었다. 따져 보면 그건 아주 당연한 일이다. 그렇지 않으면 그 숱한 서류가 쓸모없이 될 것이었다.

"어쨌든 상고할 수는 있습니다. 그러나 결과는 나쁘지 않으리라고 확신합니다."
하고 변호사는 말했다.

우리들은 아주 오랫동안, 거의 4~50분을 기다렸다.

시간이 되자 종이 울렸다.

"배심원측의 답신을 재판장이 읽습니다. 당신은 판결을 언도할 때 입장하게 될 겁니다."
하고 변호사는 말하면서 나를 두고 가버렸다.

문을 여닫는 소리가 들렸다. 사람들이 계단을 뛰어가고 있었는데 멀고 가까움을 분간할 수 없었다. 그리고는 법정으로부터 나직한 목소리로 무언가를 읽는 소리가 들렸다. 다시 종이 울리고 피고석 문이 열렸을 때, 내게 밀어닥친 것은 장내의 깊은 침묵, 그리고 젊은 신문기자가 곁눈질을 하는 것을 보는 순간 뭔가 야릇한 기분이었다. 나는 마리가 있는 쪽을 보지 못했다. 시간의 여유가 없었던 것이다. 왜냐하면 재판장이 이상스러운 말투로 피고는 프랑스 국민의 이름으로 광장에서 목이 잘리게 되리라고 말했기 때문이다. 그때 나는 모든 사람들의 얼굴에 드러난 감정을 알아볼 수 있었다. 그것은 나를 이해하는 빛이었다고 생각된다. 헌병들은 나에게 유순했고, 변호사는 내 손목에 손을 올려놓았다. 나는 아무것도 생각하지 않고 있었다. 그러나 재판장이 나에게 무엇이든 덧붙일 말이 없느냐고 물었다.

"없습니다."

하고 나는 대답했다. 그리고 나는 끌려 나왔다.

5

세 번째도 나는 형무소 소속 신부의 면회를 거절했다. 그에게 말할 것도 없고 이야기하기도 싫었고 서둘러서 만나야 할 까닭도 없었기 때문이다. 지금 나의 관심거리는 기계적인 상황에서 벗어나는 것, 불가피한 것에서 빠져나갈 길이 있는지를 알아보는 일이었다.

감방이 바뀌었다. 지금 이 감방에서는 위를 보고 반듯이 누우면 하늘밖에 보이지 않는다. 하늘 위에 낮이 밤으로 옮겨 가는 빛깔의 변화를 바라보는 것으로 하루하루 시간이 지나갔다. 누워서 머리 밑에 손깍지 베개를 하고 나는 기다렸다. 사형 선고를 받은 사람으로서 그 무자비한 상황에서 벗어난 예가 있었는지, 처형되기 전에 종적을 감추었다든가 경계선을 돌파한 예가 있었는지 나는 몇 번이나 기억을 더듬어 보았는지 모른다. 그럴 때마다 예전에 사형 집행에 관한 이야기에 그다지 주의를 기울이지 않았던 게 후회되었다. 그러한 문제에는 언제나 관심을 가져야 했다. 살다가 어떤 일을 당하게 되는지 알 수 없지 않은가? 다른 사람들과 마찬가지로 나도 신문 기사를 읽은 일이 있긴 했다. 분명 그에 관한 특별한 책들이 확실히 있었을 텐데, 나는 그것들을 들여다보려는 호기심을 한 번도 가져 본 적이 없었다. 그러한 책에서라면 탈출에 관한 이야기도 찾아볼 수 있을 것이었다. 적어도 한번쯤은 바퀴가 멎어서 거슬러 오를 수 없는 전락 속에서도 우연과 행운의 변동이란 게 일어날 수 있다고 생각되었다. 단 한 번만이라도…… 그것만으로 내게는 충분했다. 나머지는 나의 마음으로 보충할 수 있을 것이었다. 신문들은 흔히 사회에 대한 죄과를 운운했다. 신문에 따르면 죄과를 갚아야 한다는 것이었다. 그러나 그러한 말은 아무 상상도 불러일으키지 못했다. 중요한 것은 탈출의 가능성, 무자비한 의식, 밖으로의 도약, 희망의 무한한 기회를 주는 미친 듯한 질주였다. 물론 희망이 있다면 길모퉁이에서 달리던 도중에 날아오는 총탄에 맞아 쓰러지는 것뿐이었다. 그러나 다시 생각해 보면 그런 호사도 나에게는 허락되지 않았다. 모든 게 나에게는 금지되어 있으며 기계적인 것이 다시 나를 붙들었다.

아무래도 나는 그런 가당치 않은 확실성을 받아들일 수가 없었다. 왜냐하면 그 확실성에 근거를 마련해 준 재판과 판결이 언도된 순간부터 어쩔 수 없게 된 결말과의 사이에는 어이없는 불균형이 있었기 때문이다. 판결문이 17시가 아니라 20시에 낭독되었다는 사실, 그 판결문이 전혀 다를 수도 있었으리라는 사실, 그것이 속옷을 갈아입는 인간들에 의해 결정되었다는 사실, 그것이 프랑스 국민(혹은 독일 국민, 중국 국민)이란 지극히 모호한 관념에 의거하여 언도되었다는 사실, 그러한 모든 것은 그 같은 결정으로부터 많은 준엄함을 제거하는 것이었다. 그러나 선고가 내려진 순간부터는 그 결과가 내가 몸뚱이를 비벼대고 있던 담벼락의 존재와 마찬가지로 확실하고 준엄하게 시행된다는 사실을 인정하지 않을 수 없었다.

그때 나는 어머니에게서 들은 아버지에 대한 이야기가 떠올랐다. 나는 아버지를 알지 못했다. 아버지에 관하여 내가 정확히 기억하는 것은 어머니가 이야기해 준 그 이야기밖에 없었다. 아버지는 어느 날 살인범의 사형 집행을 보러 갔다. 그걸 보러 갈 생각만으로도 아버지는 병이 날 지경이었다고 했다. 그래도 아버지는 갔고, 돌아오던 길에 아침에 먹었던 조반 일부를 토했다고 한다. 그 말을 들었을 때 나는 아버지가 좀 싫어졌다. 그러나 지금 나는 그것이 지극히 당연하다고 받아들일 수 있었다. 사형 집행보다 더 중대한 일은 없으며, 어떤 의미로는 그것이야말로 사람에게는 참으로 유일한 관심거리라는 것을 어째서 나는 알아차리지 못했을까. 만약에 내가 감옥에서 나간다면 나는 모든 사형 집행을 빠짐없이 보러 가리라. 그런데 그러한 생각은 잘못이었다. 왜냐하면 어느 날 이른 아침 경계선 뒤에서, 말하자면 저쪽에서 자유로울 수 있을 자신을 생각하며 구경 갔다가 토할 수도 있겠다는 생각을 했을 때 억눌렸던 기쁨의 감정이 가슴에 복

받쳐 올랐기 때문이었다. 그러한 가정에 이끌렸다는 자체가 이치에 어긋나는 일이었다. 그 후 나는 너무 추워서 이불을 뒤집어쓰고 몸을 웅크리지 않을 수 없었다. 참다못해 나는 턱을 덜덜 떨어야 했다.

물론 언제나 이치에 맞는 생각만 할 수는 없는 노릇이었다. 나는 법률의 초안을 만들어 보는 때도 있었다. 머릿속으로 형법 체계를 개혁해 보는 것이었다. 요점은 사형 선고를 받은 자에게 기회를 준다는 것이었다. 천 번에 한 번쯤, 그 것이면 여러 가지 일을 해결하기에 충분했다. 그리하여 수형 자가(나는 수형자라는 말을 생각해 냈다.) 마시면 열 번에 아홉 번 죽는 그런 화학 약품을 배합하는 일을 고안할 수도 있겠다고 생각했다. 수형자에게 그런 사실을 알려 주어야 한 다. 그게 조건이다. 왜냐하면 이에 대해 곰곰이 냉정하게 생 각해 보면 단두대의 문제점은 아무런 기회도, 절대로 다시는 단 한 번의 기회도 없을 것이라는 사실을 나는 인정하지 않 을 수 없었기 때문이다. 결국 어쩔 수 없이 수형자의 죽음은 결정되고 마는 것이었다. 그것은 확정적 조치요, 기정사실이 어서 취소할 여지가 없었다. 만약 혹시라도 어쩌다 목이 잘 베어지지 않으면 다시 해야 한다. 그러므로 기막힌 일은 수 형자로서는 기계가 아무 고장 없이 움직여주기만 바랄 수밖에 없다는 점이었다. 그것이 단두대의 문제점이라고 나는 말하고 싶었다. 어떤 점에서 그건 사실이다. 그러나 또 다른 의미로는 그 훌륭한 조직의 모든 비결이 거기에 있다는 것을 인정하지 않을 수 없었다. 요컨대 수형자는 정신적으로 협력하지 않으면 안 된다. 모든 게 지장 없이 진행되는 것이 그에게도 이롭기 때문이었다.

나는 또한 그러한 문제에 관해서 여태껏 정확하지 않은 생각을 가지고 있었음을 인정하지 않을 수 없었다. 오랫동안 나는—왜 그랬었는지는 몰라도—사형이 집행되자면 단두대로 올라가야 하고, 그러기 위해서는 계단을 걸어 올라가야 한다고 생각했다. 그것은 1789년의 대혁명 때문이라고, 다시 말하면 그런 문제에 관해서 사람들이 가르쳐 주고 보여준 모든 것들 때문이라고 생각했다. 어느 날 아침, 소문이 자자했던 어느 사형 집행이 있었을 때, 신문에 실렸던 사진 한 장이 생각났다. 사실인즉 기계는 땅바닥에 지극히 간단하게 놓여 있었고 생각했던 것보다는 폭이 훨씬 좁았다. 좀 더 일찍 그런 것을 생각하지 않았다는 게 매우 이상했다. 그 사진에 있는 기계는 무엇보다도 정밀한 제품답게 규모 있고 번쩍이는 모양이 내 인상에 깊이 남았다. 사람이란 알지 못한 것에 관해서는 과장된 생각을 품는 법이다. 그런데도 실상 단두대의 모든 장치가 매우 간단하다는 사실을 나는 인정하지 않을 수 없었다. 기계는 그곳으로 향해 걸어가는 사람의 키 만한 크기였다. 마치 누구를 만나러 가듯 해서 기계와 부딪치게 마련이었다. 어떤 의미로는 그 또한 기막힌 노릇이었다. 단두대로 올라간다면 대기 속으로 승천하는 것이라, 그런 방향으로 상상력이 내달릴 수도 있을 것이었다. 그 점에 있어서도 기계적인 요소들이 모든 걸 짓눌러 버리고 말았다. 그저 조금 부끄러움을 느낄 때 정확히 목숨을 끊어버리는 것이었다.

줄곧 내 머리를 떠나지 않는 것이 그 외에도 두 가지가 더 있었다. 하나는 새벽녘 시간이고 또 하나는 상고(上告)에 관한 것이었다. 그러나 나는 내 자신을 타일러 그런 생각을 하지 않으려고 애썼다. 누워서 하늘을 바라보며 오로지 거기에만 정신을 집중하려고 했다. 하늘은 초록빛으로 변하면서 저녁때가 되곤 했다. 나는 생각의 방향을 돌리려고 애썼다. 나는 심장이 뛰는 소리를 듣고 있었다. 오래 전부터 나를 따르던 그 소리가 멎을 때가 온다는 게 도저히 상상되지 않았다. 그럼에도 이 심장 고동이 나의 머리에 울리지 않게 될 그 순간을 나는 상상해 보려고 애썼다. 그러나 다 헛수고였다. 새벽녘이나 상고라는 문제가 있었기 때문이다. 나는 마침내 내 마음을 억제하려고 애쓰지 않는 게 가장 현명한 자세라고 생각하기에 이르렀다.

그들이 새벽녘에 온다는 것, 나는 그걸 알고 있었다. 나는 밤마다 그 새벽을 기다리며 지낸 셈이었다. 나는 갑자기 놀라는 것이 싫었다. 무슨 일이든 생길 수 있는 것에 대해 미리 마음의 준비를 하고 싶었다. 이러한 이유로 나는 낮에 좀 자두었다가 밤에는 새벽빛이 천장 유리창 위에 훤히 밝아오는 시간을 기다리게 되었다. 가장 괴로운 것은 그들이 보통 그 일을 하러 오는 때라는 것을 내가 분간하기 어려운 시간이었다. 자정이 지나면 나는 기다리며 지켜보았다. 나의 귀가 그처럼 많은 소리, 그렇게도 조그만 소리에 예민한 적은 일찍이 없었다. 그리고 그동안은 발자국 소리가 한 번도 들리지 않았으니 아직까지는 운수가 좋았다고 할 수 있었다. 사람이란 아주 불행하게 되는 법은 없다고 어머니는 자주 말했었다. 하늘이 빛을 머금고 새로운 하루가 감방으로 새어들 때 나는 어머니 말씀이 옳다고 생각했다. 왜냐하면 발걸음 소리가 들려오는 순간 내 심장이 터져버릴 수도 있기 때문이었다. 바스락 소리만 나도 문으로 달려가서 판자에 귀를 대고 얼빠진 듯 기다리면 나중에는 내 자신의 숨소리가 들려와, 그 거친 숨소리가 헐떡이는 개의 숨결과 너무나 같아

서 깜짝 놀라기도 했을지언정, 심장은 터지지 않고 다시 한
번 24시간을 얻을 수 있었다.

낮에는 언제나 상고라는 것을 생각했다. 나는 상고에 대
한 생각을 가장 적절하게 이용했다고 믿었다. 효과를 면밀히
따져 가면서 내 생각으로부터 최대의 능률을 얻기 위해서였
다. 나는 늘 최악의 경우를 가정해 보았다. 상고 기각이 그
것이었다.

"그래, 죽을 수밖에 없어."

다른 사람들보다 먼저 죽는 것은 사실이겠지만 사실 인생
이 살 만한 가치가 없다는 건 누구나 알고 있었다. 결국 서
른 살에 죽든 예순 살에 죽든 별로 다를 게 없다. 그 어떤
경우든 그 후엔 다른 남자들, 다른 여자들이 살아갈 것이고
앞으로도 여러 천년이 그럴 것이다. 요컨대 그것은 지극히
명백한 사실이었다. 지금 죽건 10년 후에 죽건 나는 틀림없
이 죽을 것이었다. 그때 그러한 나의 지론에서 좀 거북스러
운 것은 앞으로 올 20년의 삶을 생각할 때 내 마음속에서
느껴지는 무서운 용솟음이었다. 그러나 20년 후 어차피 그
러한 지경에 이르렀을 때 내가 가질 생각을 상상함으로써
그것도 눌러 버리면 그만이었다. 죽는 바에야 어떻게 죽든,
언제 죽든, 그런 건 문제가 아니었다. 그것은 명백한 일이었

다. 그러므로 나는 상고 기각을 승인할 수밖에 없었다.

그렇게 마음을 정하고 나니 그때서야 비로소 나는 둘째 가정을 생각해 볼 수 있었다. 두 번째 가정은 '만약 내가 무죄석방 된다면?'이었다. 이 순간 턱없는 기쁨이 마음속에서 용솟음치는 것을 진정시키지 않으면 안 되었다. 그 부르짖음을 억누르고 타일러야만 했다. 첫 번째 가정에서 나의 단념을 더욱 적절하게 만들려면 이 두 번째 가정에서도 태연스러워야 했다. 그럴 수 있을 때는 한 시간쯤 지나면 마음이 가라앉았다. 그만하면 어쨌든 다행이었다.

그러할 즈음 나는 또다시 소속 신부의 면회를 거절했다. 나는 누워서 하늘이 황금빛으로 물드는 것을 보고 여름 저녁이 다가왔음을 알 수 있었다. 상고를 기각하고 난 후라서 나는 피의 흐름이 규칙적으로 몸속을 순환하는 것을 느꼈다. 내가 구태여 신부를 만날 필요는 없었다. 오랜만에 처음으로 나는 마리를 생각했다. 퍽 오래 전부터 마리에게서 편지가 끊겼다. 그날 저녁 나는 곰곰이 생각한 끝에 아마 사형 선고를 받은 사람과 나눈 연인놀음에 마리가 그만 지쳐 버린 것이라고 결론지었다. 어쩌면 그녀가 탈이 났거나 죽었을는지도 모른다는 생각도 들었다. 이런 생각도 당연한 것이었다. 이제 우리들의 두 육체 외에는 서로를 결부시켜 생각나게 하는 건 아무것도 없었다. 내가 그 밖의 사정을 어찌 알겠는가. 이때부터 마리의 추억도 내겐 아무런 관계없는 일이 되었다. 그녀가 죽었다면 그녀에게 관심을 가질 이유가 없었다. 그건 당연했다. 마찬가지로 내가 죽은 뒤 사람들은 나를 잊어버리게 될 것이었다. 죽고 나면 사람들은 나와 아무 관계도 없어지는 것이었다. 그런 일을 생각하기가 괴롭다고 할 수도 없었다. 결국 무슨 생각이든지 사람이란 나중에는 익숙해지기 마련이다.

교부가 들어온 것은 바로 그때였다. 그를 보는 순간 나는 몸이 약간 떨렸다. 교부는 그런 나를 보고 겁내지 말라고 했다. 내가 보통은 다른 시각에 왔다고 말했더니, 그는 이번 면회는 순전히 우의적인 것이어서 나의 상고와는 아무 관계도 없으며 상고에 관해서 자기는 아무것도 모른다고 대답했다. 그는 내 자리에 앉은 다음 나더러 가까이 오라고 권했으나 나는 거절했다. 그러나 그는 매우 다정해 보였다.

잠시 동안 그는 앉아서 두 손을 무릎 위에 올려놓고 머리를 숙여 자기 손을 바라보았다. 손은 가냘프고, 힘줄이 드러나 보였으며 두 마리의 민첩한 짐승을 연상케 했다. 교부는 천천히 두 손을 비볐다. 그리고는 여전히 머리를 숙이고 우두커니 앉아 있었다. 하도 오랫동안 그대로 있어서 나는 잠시 그를 잊어버린 것 같은 느낌이 들었다.

그가 갑자기 머리를 들더니 나를 바라보았다.

"나와 면회하는 걸 왜 거절하십니까?"

하고 그는 말했다.

나는 하느님을 믿지 않는다고 대답했다. 그 점에 대하여 확신을 가질 수 있느냐고 그는 물었다. 나는 그것을 의심할 필요는 없다고 말했다. 그런 건 별로 중요한 문제가 아니라고 나는 생각했다. 그러자 그는 몸을 뒤로 젖히고 손을 펼쳐 넓적다리 위에 올려놓고는 등을 벽에 기댔다. 그는 내게 이야기하는 내색을 보이지 않으면서, 자기로서는 확신한다고 여기지만 사실은 그렇지 않을 때가 있는 법이라고 말했다. 그에 대해 나는 아무 말도 하지 않았다. 그는 나를 쳐다보며 물었다.

"어떻게 생각하십니까?"

그럴 수도 있겠다고 나는 말했다. 그러나 정말로 나의 관심을 끄는 일에 대해서는 확신할 수 없을지도 모르지만, 나의 관심을 끌지 않는 일에 대해서는 분명히 확신할 수 있다고 말했다. 그런데 그가 이야기하는 것은 바로 나의 관심을 끌지 않는 일이라고 했다.

그는 눈을 돌렸으나 여전히 그 자세를 풀지 않고 너무 절

망한 나머지 그런 말을 하는 것은 아니냐고 물었다. 나는 절
망한 게 아니라고 그에게 설명했다. 다만 나는 두려울 뿐이
고 그것은 당연하다고 말했다.

"그렇다면 하느님이 도와주실 것입니다."
하고 곧바로 그는 말했다.

"당신 같은 처지에 놓인 사람들은 모두 하느님께 귀의했
습니다."

그것은 그들의 선택이라고 내가 말했다. 또한 그것은 그
들이 그럴 만한 시간적 여유를 가진 걸 증명하는 것이라 생
각한다고 말했다. 그런데 나는 일단 도움받기 싫었고, 또 관
심이 끌리지 않는 것에 관심을 가질 만한 시간도 없었다.

그때 그의 손이 뭔가 역정 난 듯한 제스처를 취했다. 그러
나 곧 그는 몸을 일으키고 옷매무새를 바로 잡았다. 그런 다
음 그는 나에게 '친구'라고 불렀다. 그는 자신이 그렇게 말
하는 것은 내가 사형 선고를 받았기 때문이 아니라고 했다.
그의 말에 따르면 우리 모두 사형 선고를 받은 입장이라는
것이었다. 그러나 나는 그의 이야기를 가로막고 서로 사정이
같지 않다고 말했다. 그것이 나에게 위안이 될 수는 없다고
말했다.

"그야 그렇지요."

하고 그는 고개를 끄덕였다.

"그렇다 해도 당신은 당장 죽지 않는다 하더라도 어차피 언젠가는 죽을 겁니다. 그때 같은 문제가 생길 것이오. 그 무서운 시련을 당신은 어떻게 받아들이렵니까?"

내가 지금 받아들이고 있는 것과 마찬가지로 나는 장차 그 시련을 받아들이겠다고 대답했다.

그 말을 듣자 그는 일어나서 내 눈을 바라보았다. 그것은 내가 잘 알고 있는 게임이었다. 나는 종종 에마뉴엘이나 쎌레스트와 그 게임을 했었는데, 대개는 그들이 눈을 돌려 버리곤 했다. 교부도 그 게임을 알고 있다는 것을 나는 알아차릴 수 있었다. 그의 눈길은 조금도 떨리지 않았다. 그리고 그가

"당신은 그럼 아무 희망도 없고, 죽으면 완전히 없어져 버린다는 생각을 가지고 살고 있나요?"
하고 말했을 때에도 목소리는 떨리지 않았다.

"그렇습니다."
하고 나는 대답했다.

그러자 그는 머리를 숙이고 다시 의자에 걸터앉았다. 나를 불쌍히 여기노라고 그는 말했다. 그것은 인간으로서는 도저히 견딜 수 없는 일이라 생각한다고 했다. 나는 그만 그가

귀찮아지는 느낌이었다. 이번에는 내가 돌아서서 천장으로 난 창가로 다가갔다. 나는 어깨를 벽에 기대고 섰다. 귀담아 듣지는 않았으나 그는 또다시 내게 뭐라고 물었다. 이번에 그는 좀 더 불안하고 간곡한 음성이었다. 그의 마음이 떨리는 걸 알고 나서 나는 더욱 귀를 기울였다.

그는 자기 신념을 드러내며 나의 상고는 받아들여지겠지만 내가 죄의 짐을 지고 있으므로 그 죄를 씻어야 한다고 말했다. 그의 의견에 따르면 인간의 심판은 아무것도 아니며 하느님의 심판만이 전부였다. 나에게 사형을 언도한 것은 인간의 심판이라고 지적한 뒤, 그렇지만 그걸로 내 죄가 씻긴 게 아니라고 말했다. 나는 죄가 무엇인지 모르겠다고 말했다. 내가 범인이라는 것은 사람들이 나에게 가르쳐 준 사실이었다. 나는 범인으로 형벌을 받는 것이니 그 이상을 내게 요구하지 말라고 했다. 그러자 교부는 다시 일어섰다. 워낙 좁은 감방이라 그가 움직이려고 해도 선택의 여지는 없었다. 앉든지 일어서든지 두 가지 중의 하나를 택할 수밖에 없었다.

나는 바닥을 들여다보고 있었다. 그는 내게로 한걸음 다가서더니, 더 앞으로 나설 용기가 없는 듯 멈추었다. 그리고는 창 너머 하늘을 바라보았다.

“당신의 생각은 잘못이오.”

하고 그는 말했다.

"당신은 그 이상 더 요구할 수가 있어요. 요구하게 될 겁니다."

"뭘 요구한단 말입니까?"

"보기를 요구할 것이오."

"뭘 본 단 말이오?"

교부는 주위를 둘러보더니 문득 지치고 피곤한 목소리로 말했다.

"이 모든 돌들엔 괴로움이 배어 있지요. 난 그것을 압니다. 나는 고뇌 없이 이것들을 바라본 적이 없습니다. 그러나 나는 마음속 깊이, 당신들 중에 가장 비참한 사람일지라도 이 돌들의 어둠에서 성스러운 얼굴이 나타난 것을 보았다는 사실을 알지요. 당신에게 보기를 요구하는 건 그 얼굴입니다."

나는 좀 흥분했다. 여러 달 전부터 나는 그 벽을 들여다보고 있던 사람이었다. 그에 대해서 이 세상에서 나만큼 더 잘 알 아는 사람은 없었다. 오래 전부터 나는 벽에서 얼굴을 찾아보려 애썼다. 그러나 그 얼굴에서 태양의 빛깔과 욕정의 불길만을 느낄 뿐이었다. 내가 보는 얼굴은 마리의 얼굴이었다. 나는 뭔가를 찾으려 했으나 허탕치고 말았다. 그것도 이제는 다 지나간 일이었다. 어쨌든 나는 그 축축한 돌에서 아무것도 보지 못했다고 말했다.

교부는 좀 슬픈 눈으로 나를 응시했다. 지금 나는 벽에 등을 완전히 기대고 있었으므로 빛이 내 이마 위로 흘러내렸다. 그는 무어라고 몇 마디 더 했으나 나는 더 이상 듣지 못했다. 그러더니 그는 매우 빠른 어조로 포옹하는 것을 허락해 주겠느냐고 내게 물었다.

"싫습니다."

하고 나는 대답했다.

그는 돌아서서 벽 쪽으로 걸어가 천천히 그 위에 손을 대고 가느다란 목소리로 이렇게 말했다.

"그래, 그렇게도 이 땅을 사랑하십니까?"

나는 아무 말도 하지 않았다.

그는 꽤 오랫동안 등을 돌린 채 서 있었다. 나는 그가 방 안에 계속 있는 게 짜증나고 귀찮았다. 혼자 있고 싶으니 돌아가 달라고 말하려는데, 그때 그는 다시 내게로 돌아서면서 갑자기 요란스럽게 외쳤다.

"나는 정말 믿을 수가 없어요. 당신도 분명 다른 삶을 소망한 적이 있었을 거라 나는 확신해요."

나는 그야 있었겠지만 그것은 부자가 되고 싶다든가, 헤엄을 빨리 치고 싶다든가, 더 잘생긴 입을 갖기를 바라는 것들과 크게 다르지 않다고 잘라 말했다. 소망도 그런 종류의 일이다. 그러나 그는 나의 말을 가로막고 내세를 어떻게 보느냐고 묻기에 나는

"지금의 삶을 회상할 수 있는 그러한 생!"

이라고 외치고 나서, 곧이어 이제 난 그런 이야기는 더 이상 듣고 싶지 않다고 말했다. 그는 또 하느님 이야기를 하려고 했으나 나는 그에게 다가서며 내겐 남은 시간이 조금밖에 없다고 마지막으로 한 번 더 설명하려 했다. 그는 화제를 돌려 왜 자기를 몽 뻬르(나의 아버지, 신부님)라고 부르지 않고 무슈라고 부르는지 물었다. 나는 화가 나서

"당신은 내 아버지가 아니요."

라고 대답했다.

"아닙니다, 나의 아들이여"

하고 내 어깨에 손을 올려놓고 그는 말했다.

"나는 당신과 함께 있습니다. 그러나 당신 마음이 어두워 그걸 모르는 겁니다. 당신을 위해서 기도를 드리겠소"

그 순간 내 마음속에서 그 무언가가 터져 버리고 말았다. 나는 목청껏 그에게 욕설을 퍼붓고는 기도는 그만두라고 말한 다음 물거품처럼 사라지기보다는 차라리 불에 타버리는

편이 낫겠다고 고래고래 소리를 질렀다. 나는 그의 교부복 깃을 움켜쥐었다. 희열과 분노가 섞인 용솟음과 함께 마음속에 있는 모든 것을 송두리째 그에게 쏟아냈다. 넌 참 자신만만하구나. 그렇지 않고 뭐야? 그러나 네 신념이란 건 모두 여자의 머리털만한 가치도 없어. 넌 죽은 사람 모양으로 살고 있으니 살아 있다는 것에 대한 확실한 깨달음도 없잖아? 보기에는 맨주먹 같을지 몰라도 내겐 확신이 있어. 내 모든 것에 대한 확신, 그건 너보다 더 강해. 내 인생과 닥쳐올 죽음에 대한 확고한 인식이 내게는 있어. 그래, 내겐 이것밖에 없어. 하지만 적어도 난 이 진리만큼은 굳게 붙들고 있어. 내 생각이 옳았고 지금도 옳고 언제나 또 옳아. 난 이렇게 살았지만 다르게 살 수도 있었어. 나는 이런 것을 하고 저런 것을 하지 않았어. 어떤 일은 하지 않았지만 이러저러한 다른 일들은 했어. 그래서, 대체 어떻단 말야? 난 지금까지 그 순간, 내 정당함이 인정될 저 새벽의 순간을 기다리며 살아온 셈이야. 그 이상 아무것도 더 중요한 게 없어. 나는 그 까닭을 알고 있고 너도 그 까닭을 알 거야. 내가 살아온 이 허무한 삶에선 미래의 구렁 속에서 언제나 한 줄기 어두운 바람이, 아직 오지 않은 해들을 거쳐 거슬러 올라와, 그 바람이 도중에 내가 살던 때, 미래나 다름없이 현실적이라고 할 수 있는 때에 내가 할 모든 일들을 아무런 차이도 없게 만들어 버렸어.

다른 사람의 죽음, 어머니 사랑, 이제 그런 게 뭐가 중요하겠어! 너의 그 하느님, 사람들이 택하는 생활, 사람들이 택하는 숙명, 그런 게 다 뭐란 말야! 단지 숙명이 내 자신을 사로잡고 나와 함께, 너처럼 나의 형제라 말하는 수많은 특권을 가진 이들을 사로잡는 거잖아! 누구나 다 특권을 가지고 있어. 특권 가진 사람들밖에는 없어. 장차 다른 사람들도 사형을 받을 거야. 살인범으로 고발당해 내가 어머니 장례식 때 눈물을 흘리지 않았다고 사형을 받는다고 한들 그게 뭐가 그리 중요해! 쌀라마노의 개나 그의 마누라나 그 가치를 따지면 매한가지야. 꼭두각시 같은 자그마한 여자도 마쏭과 결혼한 파리 여자도 마찬가지야, 또 나와 결혼을 하고 싶어 하던 마리도 마찬가지로 죄인이야. 쎌레스트는 그 성품이 레이몽보단 낫지만 셀레스트나 레이몽도 내 친구라고 한들 그게 뭐가 그리 중요하겠어! 마리가 오늘 또 다른 뫼르소한테 입술을 바치고 있다 한들 그게 대체 어떻다는 말야! 사형 선고를 받은 녀석, 이놈아! 넌 대체 알기나 해? 미래의 구렁 속으로부터……그 모든 걸 외치며 나는 숨이 막혔다. 간수들이 달려와 나에게서 교부를 떼어 놓은 뒤 나를 노려보았다.

그러나 교부는 그들을 제지시킨 후 잠시 묵묵히 나를 응시
했다. 그의 눈에는 눈물이 가득 괴었다. 그는 돌아서서 가
버렸다.

교부가 나가 버린 뒤 내 마음은 다시 가라앉았다. 나는 기
운이 없어 침대에 몸을 던졌다. 그리고는 잠이 들었던 모양
이다. 왜냐하면 눈을 뜨자 별이 보였기 때문이다. 들판의 소
리들이 내게 전해져 왔다. 밤 냄새, 흙냄새, 소금 냄새가 관
자놀이를 시원하게 해 주었다. 잠든 여름 그 신기한 평화가
파도처럼 내 속으로 흘러들었다. 그때 한밤 저 끝에서 사이
렌이 울렸다. 내게 그것은 이제 영원히 관계없는 세계로 출
발한다는 걸 알리는 음향으로 들렸다. 참으로 오랜만에 나는
어머니를 떠올렸다. 말년에 어머니가 왜 '약혼자'를 가졌는
지, 왜 생애를 다시 꾸미는 놀음을 했는지, 나는 알 수 있을
듯했다. 생명이 꺼져 가는 그곳 양로원 주변도 저녁 시간은
서글픈 휴식 시간 같았을 것이다. 그처럼 죽음 가까이에서
어머니는 해방감을 느끼며 모든 걸 다시 살아 볼 마음이 생
겼을 것이다. 어느 누구도 어머니의 죽음을 슬퍼할 권리는
없었다. 지금 나 또한 모든 것을 다시 살아서 볼 수 있을 것
같은 생각이 들었다. 커다란 분노가 내 괴로움을 씻어 주고
희망을 주기라도 하듯 기적과 별이 가득 찬 밤하늘을 바라

보면서 나는 처음으로 세상의 다정한 무관심에 마음을 열었
다. 세계가 나와 다름없고 형제 같다고 느끼면서, 나는 행복
했고, 지금도 행복하다고 느꼈다. 모든 게 이루어지고, 내가
고독하지 않다는 걸 느끼기 위해 이제 내게 남은 소원이 하
나 있다면 그것은 내가 사형을 집행하는 그날 많은 구경꾼
들이 증오의 함성으로 나를 맞아 주었으면 하는 것이었다.

배덕자

배덕자

이 무슨 잡탕이냐! 이 무슨 잡탕이냐! 우선 내 머릿속부터 정돈해야겠어. 그놈들이 내 혀를 잘라 버린 후부터 다른 혀가 웬일인지 내 두개골에서 쉬지 않고 움직인다. 무엇인가가 누군가가 말을 하다가 갑자기 멈추고, 또다시 모든 것이 시작된다. 오, 내가 하지도 않은 말들이 들린다. 무슨 잡탕이냐! 내가 입을 열어도 그건 자갈이 부딪히는 소리처럼 시끄럽다. 혀는 질서를! 질서를! 하고 말한다. 그러면서 혀는 동시에 딴 말을 하고 있다. 그렇다, 난 항상 질서를 원해 왔다. 한 가지만은 적어도 확실한 게 있는데, 내가 나 대신 올 선교사를 기다리고 있다는 것이었다. 나는 타가사에서 한 시간쯤 걸리는 길목에서 바윗돌 부스러기 속에 숨어, 소총(小銃) 위에 앉아 있다. 황무지에 날이 밝는다. 여전히 몹시 춥다. 좀 있으면 너무 더워질 거야. 이 땅은 사람을 미쳐버리게 해. 나는 헤아릴 수 없이 오랜 시간 동안…… 아냐, 좀 더 참자! 선교사는 오늘 아침이나 저녁에 올 거야. 그가 안내인과 함께 온다는 말을 들었지. 둘이서 낙타 한 마리만 타고 올지 몰라. 난 기다리겠어. 난 기다려. 추위, 추위만 나를 떨게 하고 있어. 좀 더 참자, 더러운 노예 같으니!

내가 참아온 지는 꽤 오래 됐다. 중앙 고지의 높은 언덕에 있는 나의 집에 살 때도, 아! 나는 떠나고 싶었다. 교양이 없는 아버지, 거친 어머니, 포도주, 매일 똑같은 돼지비계 수프, 특히나 시고 차가운 포도주 그리고 오랜 겨울, 얼음처럼 차디찬 바람, 눈보라, 그 진절머리 나는 고사리…… 당장 그런 것들로부터 떠나고 싶었고 태양 속에서 맑은 물을 마시며 살고 싶었어. 나는 신부를 믿었다. 그는 신학교 이야기를 내게 해 주었고, 매일 나를 돌보아 주었지. 이 신교(新敎)의 나라에서 신부는 한가했다. 그는 내게 미래와 태양을 이야기해 주곤 했다. 가톨릭, 그것은 태양이라고 그는 말했다. 그리고 그는 내게 책을 읽게 했고 내 둔한 머리에 라틴어를 주입시켰다.

“영리한 녀석이긴 한데, 당나귀 같단 말야.”

그렇게 신부는 말했다. 사실 내 머리는 둔해서 내 일생 동안의 수많은 실패에도 불구하고, 피를 흘러 본 적이 없었다. “소대가리”라고, 돼지 같은 아버지는 말했다. 놈들은 신학교에서 뻐겨대곤 했다. 신교의 나라에서 온 신입생이라는 것은 그들로서는 하나의 승리였기 때문이다. 그들은 내가 갔을 때 마치 오스테를리츠의 태양을 맞이하듯 했다. 알코올 때문에 이지러진 태양이었다. 거기 사람들은 포도주를 마셨고 그 자식들은 충치였다. 제 아비를 죽여 버려야 하겠지만 신맛 나는 술이 위장에 구멍을 뚫어 놓아 사실 아비는 오래 전부터 죽은 거나 마찬가지였으니 그가 포교 단체에 들어갔다고 해서 위험할 것은 없었다. 그러니까 선교사만 죽여 버리면 돼.

나는 선교사와 그의 스승들, 날 속인 스승들과 더러운 유럽과 결판을 낼 거야. 모든 사람이 나를 속였어. 놈들은 입을 열기만 하면 ‘전도’라는 말을 노래했지. 미개인에게 가서 얘기하라는 거야.

“여기 계신 나의 신을 보라. 신은 때리지도 않고 죽이지도 않는다. 신은 부드러운 목소리로 명령하신다. 신은 다른 쪽 뺨을 내미신다. 신들 중에서 가장 거룩한 신이다. 그 신을 택하라. 그 신이 나를 얼마나 훌륭하게 만들었는가를 보라.

나를 모욕하라. 그대들은 신의 증거를 보리라.”

　그렇다. 나는 믿었고, 제법 훌륭해진 것 같았다. 나는 살도 찌고 볼품도 있어져서 모욕당하기를 원했다. 여름에 그르노블의 태양 아래서 시커멓게 바싹 줄지어 걸으며 경쾌한 옷차림을 한 소녀들 옆을 지날 때, 나는 눈으로 거들떠보지도 않았고, 그네들을 멸시했고 그네들이 나를 모욕하기를 기다렸는데 그네들은 웃었다. 그때 나는 생각했다. ‘그네들이 나를 때렸으면, 얼굴에 가래를 뱉었으면……’ 그들의 웃음소리는 내 마음을 갈래갈래 찢는 꼬챙이거나 이빨이 돋힌 것 같았지. 모욕과 고통은 부드러워야 했건만! 교장은 나의 악담을 이해하지 못했다(아니다. 그대에게는 좋은 점이 있어!). 좋은 점이 있다! 내겐 신 포도주가 있었다. 그뿐이었다. 그런데 다행이었다. 나쁘지 않다면 어떻게 더 나아지게 된단 말인가. 나는 그들이 가르쳐준 것들 중에서 그것을 깨달았다. 나는 그것 밖에는 깨닫지 못했다. 단 한 가지 생각만을 지닌 영리한 당나귀였던 나는 끝까지 해보려 했다. 나는 저지르지도 않은 죄를 회개하고 평범한 것으로는 성에 차질 않았다. 결국 나도 본보기가 되기를 원했다. 사람들이 나를 보고, 나를 봄으로써 나를 훌륭하게 만들어준 것을 훌륭하게 여기도록 하기 위해서였다. 나를 통해서 나의 신에게 경의를 표하라.

거친 태양! 태양이 뜬다. 사막의 모습이 변한다. 산에서 피는 시클라멘의 빛깔이 변해간다. 오, 내 산, 그리고 눈, 보송보송하고 부드러운 눈. 아니다. 희디흰 빛깔의 것이다. 적나라한 현혹 이전의 그 시간. 아무것도, 지평선까지 아무것도 보이지 않는다. 내 앞의 고원이 아직 부드러운 빛깔을 한 원(圓)으로 사라지는 거기엔 아무것도 없다. 내 뒤에서 도로가 사구(砂丘)까지 기어 올라가고 있다. 사구의 거친 이름이 수년전부터 내 머릿속에서 고동치고 있는 타가사를 가리키고 있다. 그것을 내게 말해 준 최초의 사람은 수도원에서 은거 생활을 하고 있던 반소경인 늙은 신부였다. 왜 최초의 인물인가. 그 이야기를 해준 사람은 그 신부뿐이었다. 내가 그 신부의 이야기에 감동한 것은 불타오르는 듯한 태양이 쬐는 흰 벽들이 있는 소금에 절은 그 마을이 아니고 미개한 주민들의 잔인함이었다. 외지 사람들에게는 개방되지 않은 고을 이어서 거기 들어가려고 노력해 본 적이 있는 사람 중 단 한 사람, 그 한 사람이 목격한 일들에 대해서 이야기를 들었던 것이다. 놈들은 그 사람을 채찍으로 때리고, 상처와 입에다 소금을 틀어넣고서 사막으로 추방해 버렸다고 한다. 마침 요행으로 그 남자는 인정 많은 유목민들을 만나 살아났다고 했다. 그때부터 나는 그의 이야기에서 불에 끓는 소금과 하늘을 꿈꾸었고 미신으로 가득 찬 집과 그 집 노예들을 생각하곤 했다. 그보다 더 야만적이고 매력적인 게 있을까? 그렇다. 그게 바로 나의 사명이었다. 그놈들에게 나의 신(神)을 보여주러 가고 싶었다.

신학교에서는 내 용기를 꺾으려고 했다. 나를 타일렀다. 기다릴 필요가 있고, 그곳은 전도할 곳이 못 되고, 나는 아직 젊고, 나는 특별히 준비를 하고, 내가 무엇인가를 알고 더 시련을 겪어야 한다는 것이었다. 그러나 줄곧 기다리긴 싫었다. 아! 아니다. 그렇다, 필요하다면 특별한 준비도 좋고 시련도 좋다. 그 시련들은 알제에서 받을 수 있었고, 그렇게 되면 그 고장과 가까워지는 셈이니 말이다. 그러나 그 이외의 일엔 내 굳은 머리를 흔들었고 나는 같은 말만 되풀이 했다. 가장 미개한 사람들을 만나 그들과 함께 살며, 예컨대 그들의 집 속까지 들어가서, 그 귀신의 집까지 가서 내가 믿는 신의 진리가 가장 강하다는 것을 보여주겠다고 되풀이했다. 그들이 나를 모욕할 것은 물론이었다. 그러나 나는 그들이 가할 해악을 두려워하지 않았다. 그런 것은 증명을 위해 필요했다. 그리고 당한 모욕을 참는 나의 태도로써, 강한 태양처럼 나는 그 미개인들을 정복할 것이었다. 강한 태양, 그렇다. 그것이야말로 줄곧 내가 혀에서 굴리곤 했던 말이다. 나는 절대적인 힘을 꿈꾸었다. 땅바닥에 꿇어앉히는 힘, 적을 항복시키고 그를 개종시키는 힘. 적이 맹목적이고, 잔인하고, 자신만만하고, 신념에 젖어 있을수록 더욱 그의 고백은 그를 패배시킨 자의 충성을 말해 주는 법이다. 잠시 길 잃은 착한 사람들을 개종시키는 정도는 신부들에게는 초라한 목표이다. 나는 그들이 그만한 힘을 갖고 겨우 그렇게 조그만 일을 하는 걸 우습게 여겼다. 그들은 신념이 없고 나는 신념을 갖고 있다. 나는 사형 집행인에게까지도 인정받음으로써 그들이 무릎을 꿇고 그들로 하여금, "신이여, 그대가 승리했소이다."라고 고백하게 하고 싶었고, 이 악한 무리를 지배하고 싶었다. 아, 나는 그러한 내 생각에 확신을 가지고 있었다. 다른 일에 대해서는 자신을 가져 본 적이 없지만. 그러나 난 어떤 생각을 갖게 되면 그 생각을 버리지 않는다. 그건 나의 힘이다. 그렇다, 그들이 모두 나를 가엾게 생각하게 된 나의 힘이다.

태양이 더 높이 떴다. 이마가 타들어 가기 시작한다. 내 주위 돌들이 우둑우둑 튄다. 총신(銃身)만이 목장처럼, 저녁에 내리는 비처럼 서늘하다. 그 옛날, 수프가 은근히 끓을 때면 가끔 내게 미소를 던지곤 했던 아버지와 어머니는 나를 기다리고 있었다. 나는 아마 그들을 사랑했을 것이다. 그러나 이미 지난 일이다. 열의 장막이 임시 도로에서부터 솟아 올라오기 시작한다. 오거라, 선교사 놈아, 난 너를 기다리고 있어. 지금 나는 전하는 말에 무어라고 대답을 해야 하는가를 알고 있지. 나의 새 선생님들이 내게 그것들을 가르쳐 주셨어. 나는 그들이 옳다는 걸 알고 있어. 사랑과도 이제 결판을 지어야겠다. 내가 알제에서 신학교를 도망쳤을 때 나는 그들을, 그 미개인들을 달리 상상했다. 그 몽상들 중에서 단 한 가지만 옳았다. 그들이 간악하다는 점이었다. 나는 회계과의 현금을 훔치고, 교복을 벗어 던지고 아틀라스 산맥과 고원들과 사막을 횡단했다. 트랑사하라 회사의 운전수가 비웃듯이 말했다.

"거길랑 가지 말게나……."

라고. 그런 말을 하다니, 대체 모두들 무슨 일인가. 100킬로미터 정도의 모래사장이, 풀어헤친 머리칼처럼 바람으로 밀려갔다가 밀려들고 있었다. 그러다가 다시 봉우리가 까만 산의 칼로 벤 듯한 능선이 나타났다. 열 때문에 으르렁대고 불꽃같은 수천 개의 거울처럼 불타는 갈색의 끝없는 자갈밭을 넘어 바위 같은 도시가 솟아 있는 흑인의 땅과 백인의 나라의 경계지점인 장소까지 안내해줄 안내인이 필요했다. 그러

나 안내인은 내 돈을 훔쳤다. 내가 어리석게도 그에게 돈을 보여주었기 때문이다. 그러나 그는 나를 때리고

"이 개자식아, 저게 길이다. 그만하면 내게 감사해야 해. 가, 가라구, 저리로 가. 그놈들이 버릇을 가르쳐 줄 테니." 라고 말했다. 과연 그들은 나의 버릇을 가르쳤다. 그들은 마치 밤을 제외하고는 쉴 새 없이 쨍쨍 내리쬐는 햇살과 같았다. 땅에서 갑자기 솟는 태양은 혹독하게 창이 되어 나를 찔러댔다. 오, 숨어야겠어, 그래. 숨어야겠어. 모든 게 뒤범벅이 되기 전에 바위 밑으로.

이곳 그늘은 좋다. 열기로 타오를 듯한 함지박 바닥에서 대체 소금 마을 사람들은 어떻게 살아갈까! 곡괭이로 깎아 내리고 아무렇게나 대패질을 한 듯한 절벽마다 곡괭이 자국이 반짝이는 생선 비늘처럼 가득 차 있다. 흩어져 있는 금빛 모래들이 절벽을 약간 노랗게 물들여 놓았다. 바람이 깎아 세운 듯한 절벽과 테라스를 쓸 때 그 푸른 외각까지 깨끗이 쓸어낸 하늘 밑에서는 모든 게 하얗게 반짝였다. 흰 테라스 표면 위에서 몇 시간 동안이나 변함없는 화재(火災)가 불타는 소리를 내는 그런 날에는 나는 소경이 된 듯했다. 하얀 테라스들이 모두 하나로 합쳐지는 것처럼 보였다. 마치 그 옛날에 그놈들이 바위로 뒤덮인 산을 떼를 지어서 습격해와

우선 산을 평탄하게 만들고, 바로 그 돌더미에 길을 내고, 집의 내부를 파고, 창문을 낸 것처럼 보였다. 혹은 그랬다, 이렇게 말하는 게 좀 더 적절하다. 마치 그놈들은 자기네가 거기서 살 수 있다는 걸 보여 주려고 끓는 물파이프로 희고 불타는 그들의 지옥을 깎아낸 것 같았다. 다른 곳에서 와도 30일이나 걸려야 다다를 사막 한복판의 구덩이, 거기에서는 대낮의 열기가 생물과 생물 간의 모든 접촉을 금지하고, 그 사이에는 보이지 않는 불꽃과 수정으로 된 촉대가 가로막고 있었다. 그러다가 돌연 밤의 추위가 그들의 바윗돌 같은 깍지 속으로 처박혀 떨게 한다. 밤의 주민은 건조한 얼음덩이 위에 살며, 시커먼 에스키모들은 대뜸 그들의 움막에서 떠는 것이다. 정말 검다. 놈들은 길고 검은 옷을 입고 있었기 때문이다. 사람은 손톱까지 스며드는 소금을 밤마다 추운 잠 속에서 쓰디쓰게 씹었다. 그리고 곡괭이로 패인 반짝이는 구덩이에 있는 단 하나의 샘에서 흘러나오는 물속에서, 사람이 마시는 그 소금은 가끔 그들의 검은 옷 위에다가 비가 온 뒤 달팽이가 기어간 것과 비슷한 자국을 남겼다.

비, 오, 신이여, 한 번만이라도 참된 비, 오래 꾸준히 내리는, 그대의 하늘에서 내리는 비를 내려주소서! 그러면 마침내 이 무서운 도시는 차츰 부스러져서 어쩔 수 없게 무력해

질 것이고, 끈끈한 격류 속에 완전히 녹아서 용맹한 주민들을 모래밭으로 싣고 갈 것입니다. 한 번만 비를 내려주소서, 신이여! 그러나 어쨌단 말인가, 어떤 신이란 말이다. 여기서는 그놈들이 신이다! 그놈들은 메마른 집들과 광산에서 검은 노예들을 다스리고 있었다. 그리고 이 남국에서 채취된 소금판 한 장에 사람 하나의 값이 나간다. 소리 없이 검은 상복에 몸을 감고 거리의 흰 바위틈을 걸어 나간다. 그리고 밤이 되어 온 마을이 잿빛 유령처럼 보일 무렵, 소금에 절은 벽돌이 어렴풋이 반짝이는 집들의 어두컴컴한 안으로 허리를 굽히고 들어가 그들은 가벼운 잠을 잔다. 그리고 눈을 뜨자마자 그들은 명령하고 때리고, 그들만이 유일한 종족이요, 그들의 신만이 참되며 거기에 복종해야만 한다고 주장한다. 그놈들이 나의 신이다. 그들은 동정심을 모른다. 그리고 지배자답게 그들은 혼자 있기를 원하고, 혼자서 앞서가려 하고, 혼자서 지배하려고 한다. 그들은 소금과 모래 속에다가 타오르는 냉혹한 도시를 건설할 만큼 독특하기 때문이다. 그리고 나는…….

더위가 점점 심해진다. 머리는 뒤죽박죽이다. 나는 땀을 흘리지만 놈들은 꿈쩍도 않는다. 이제는 그늘조차도 덥다. 내 위의 바윗돌에 태양이 내리쬐는 것을 느낀다. 태양은 갈

긴다. 태양은 돌이란 돌은 전부 망치로 갈기듯이 후려친다. 그것은 음악이다. 옛날과 다름없는 수백 킬로미터에 걸친 공기와 돌의 진동인 대낮의 광대한 음악이다. 적막이 들려온다. 그렇다, 벌써 몇 년 전이지만, 나를 맞아 준 것은 바로 이 적막이었다. 그때 감시인들은 나를 해가 쨍쨍 내리쬐는 광장 중앙에서 그녀들 앞으로 끌고 갔었다. 광장의 중앙에서 점차 동심원을 이루는 테라스들이 함지박 같은 마을의 가장자리에 걸쳐 있는 거센 하늘이라는 뚜껑을 향해 솟구쳐 있었다. 나는 그곳에서 흰 방패 구덩이 속에 무릎을 꿇어야만 했다. 벽이란 벽에서 튀어나오는 소금과 불같은 칼날에 눈이 상하고 창백하고 피로했고 안내인에게 얻어맞은 귀에서는 피가 흘러 내렸다. 해는 중천에 떠 있었다. 무쇠 같은 태양에 타격을 받으며, 하얗게 단 철판마냥 하늘을 길게 진동시키는 것이었다. 적막이 흘렀다. 그들은 나를 보고 있었고 시간이 흘러갔다. 그들은 하염없이 나를 바라보았다. 그런데 나는 그들의 시선을 참아낼 수가 없어 점점 심하게 허덕였고, 결국은 울음을 터뜨렸다. 그러자 갑자기 그들은 말없이 돌아서더니 모두가 한 방향으로 걸어가기 시작했다. 나는 무릎을 꿇고, 붉고 검은 샌들을 신은 그들의 윤기 있는 발들이 걸어갈 때마다 검은 옷자락을 걷어 올리는 것과 발끝을 좀 올리고 발꿈치가 가볍게 땅을 차는 것을 보기만 했다. 그 자리가 텅 비었을 때 나는 도깨비 집으로 끌려갔다.

오늘 바위 그늘에서 머리 위로 두터운 돌을 뚫는 태양의 열기를 느꼈듯이, 나는 며칠 동안 그 도깨비 집에서 웅크린 채 보냈다. 그 집은 다른 집보다 좀 높았는데 소금 울타리로 둘러싸여 있었으나, 창문이 없어 밤의 장막으로 싸여 있었다. 며칠 후 그들은 내게 짠맛 나는 물 한 바가지를 주었고, 암탉에게 모이를 주듯이 내 앞에다 곡식알을 뿌려 놓았다. 나는 그걸 주위 먹었다. 낮에는 문이 닫힌 채였지만, 막을 수 없는 태양이 소금더미를 뚫고 스며들어오면서 어둠이 좀 옅어졌다. 불빛이라곤 없었으나 벽을 따라 더듬거리며 걸어 가다가, 나는 벽을 꾸미고 있는 마른 종려 잎사귀로 된 장식을 만졌다. 안쪽에는 아무렇게나 짠 작은 문이 있었는데, 손 끝으로 그 문의 자물쇠를 찾아냈다. 며칠이 지났고 오랜 시간이 흐른 것 같았다. 이제는 날짜도 시간도 헤아리기 힘들었다. 여전히 양식으로 곡식 한 줌씩 받았다. 구덩이를 파고 변(便)을 묻었으나 헛수고였다. 짐승 굴에서 나는 듯한 냄새가 늘 떠돌고 있었다. 오랜 시간이 지나서 두 짝의 문이 열리더니 그들이 들어 왔다.

그중 하나가 모퉁이에 웅크리고 있던 내게로 다가왔다.

뺨에 소금 열기가 느껴졌다. 또 먼지를 뒤집어쓴 종려나무 냄새를 맡았다. 그가 다가와 1미터 거리에서 멈추어 섰다. 그는 묵묵히 나를 응시하다가 신호를 한 번 보내었다. 나는 일어서야 했다. 그는 종마처럼 생긴 갈색 얼굴에다 무표정한 금속 같은 두 눈으로 나를 노려보았다. 그가 손을 들었다. 그리고는 나의 아랫입술을 꼭 쥐고는 살점이 떨어질 만큼 천천히 비틀었다. 그러더니 손아귀 힘을 조금도 늦추지 않고 나를 방 한가운데까지 밀어냈다. 그는 내 입술을 당겨 나를 꿇어앉혔다. 나는 정신을 잃고 입술은 피투성이가 된 채 꿇어 앉혀졌다. 그러다가 그는 벽에 기대선 채 늘어선 다른 놈들에게로 돌아섰다. 그놈들은 활짝 열린 문으로 들어오던 한 점 그늘도 없는 햇빛의 가차 없는 열기 속에 신음하는 나를 바라보고 있었다. 그러자 햇빛 속에서 라피아 머리를 한 마술사가 나타났다. 몸에는 구슬로 만든 갑옷을 입고, 밀짚으로 만든 짧은 치마 아래로 맨발이 드러나 보였다. 얼굴에는 내다볼 수 있도록 사각형 구멍이 뚫린 갈대와 철사로 만든 마스크를 쓰고 있었다. 그는 악사들과 여자들을 데리고 들어 왔는데, 그들은 몸뚱이가 조금도 드러날 틈이 없게 번쩍거리는 무거운 옷을 휘감고 있었다. 방 아랫목에서 그들은 춤을 추었다. 거의 율동도 없는 괴상한 춤이었다. 그들은 움직이고 있었다. 그뿐이었다. 마술사는 마침내 내 뒤의 작은 문을 열었다. 상전들은 움직이지 않고 나를 보고만 있었다. 나는 돌아서서 우상을 보았다. 도끼 같은 쌍머리에 뱀처럼 꼬인 코가 달려 있었다.

나는 그 우상 앞 대석(臺石) 밑으로 끌려갔다. 그들은 내게 쓰디쓴 검은 액체를 먹였다. 그러자 곧 내 머리가 타오르기 시작했다. 나는 웃었다. 그게 바로 모욕이었다. 나는 모욕을 당하게 되었던 것이다. 놈들은 내 옷을 벗기고, 머리와 몸뚱이의 털을 깎고, 기름으로 씻고, 물과 소금에 적신 밧줄로 내 얼굴을 후려쳤다. 그런데 웃으며 고개를 뒤로 돌릴라 치면, 두 여자가 내 귀를 쥐고 내 얼굴을 마술사가 때리는 쪽으로 내밀게 했다. 내겐 사각형 안에 있는 마술사의 눈밖에 보이지 않았다. 나는 피투성이가 되어 줄곧 웃고 있었다. 그들이 멈추었을 때 나 외에는 아무도 말을 하지 않았다. 벌써 내 머리는 극도의 혼란상태가 되었다. 이윽고 그들은 나를 다시 일으켜 세운 뒤 강제로 우상 쪽으로 눈을 뜨게 만들었다. 나는 웃음을 멈추었다. 이제 나는 그를 섬기고 찬양하도록 제단에 바쳐진 몸이었다. 나는 더 이상 웃을 수가 없었다. 공포와 고통이 나를 짓눌렀다. 거기에서 그 흰 집 속에서, 밖에서는 태양이 짓궂게 내리쬐던 그 벽돌 틈에서, 긴장

된 얼굴로 지칠 대로 지친 기억력으로, 그렇다, 나는 우상에게 기도를 올리려고 애썼다. 거기엔 그 우상밖에 없었고, 그 끔찍한 얼굴은 다른 사람들보다 더 끔찍했다. 그러자 그들은 내 두 발목을 밧줄로 비끄러맸다. 그러나 걸음을 걷기에는 지장 없을 만큼 밧줄을 길게 맨 상태였다. 그들은 또 춤을 추었다. 이번에는 우상 앞에서 춤추었다. 상전들은 하나둘 밖으로 나갔다.

그들이 나가고 나서 닫힌 문 뒤에서 다시 음악이 시작됐다. 마술사는 나무껍질에 불을 붙이고 그 주위에서 발을 구르고 있었다. 그의 커다란 그림자가 흰 벽 구석에서는 일그러지고, 평탄한 표면에서는 발딱거리고 있었으며, 춤추는 그림자로 방을 채웠다. 여자들이 나를 끌고 간 구석에서, 그는 장방형을 그려 놓았다. 나는 여자들의 바삭바삭하고 부드러운 손의 촉감을 느꼈는데, 그들은 내 곁에 물 한 바가지와 곡식 한 움큼을 놓고 나에게 그 우상을 보여주었다. 나는 그 우상을 곧장 바라보아야 한다는 것을 알아차렸다. 그때 마술사가 여자들을 한 명씩 불 곁으로 불렀다. 그는 여자 몇 명을 때렸다. 얻어맞은 여자들은 신음하며 그 우상 앞에 가서 엎드렸다. 그동안에 마술사는 계속 춤추면서 여자 한 명만 남기고 모두를 밖으로 내보냈다. 남은 여자는 아주 젊었는데, 악사들은 그 앞에 웅크리고 앉아있었다. 그 여자는 아직 얻어맞지 않았다. 마술사는 여자의 머리채를 잡아 주먹에 감아 뒤틀며 차츰차츰 끌어당기고 있었다. 그 여자는 눈이 튀어나오며 뒤로 나둥그러지더니 뻗어 버렸다. 그는 여자를 놓아주면서 소리쳤다. 악사들은 벽 쪽으로 돌아섰다. 그동안에 사각형 눈구멍이 뚫린 마스크 뒤에서 고함소리가 엄청나게 커졌으며, 불꽃이 일종의 발작을 일으켜 구르다가 마침내 손과 발을 땅에 짚고 엎드린 뒤 팔을 모아 고개를 감추었고 그 여자 역시 무디게 고함쳤다. 이렇게 줄곧 소리 지르며 우상을 바라보았던 마술사는 여자 얼굴이 남에게 보이지 않도록 악의에 찬 태도로 여자를 날쌔게 껴안았다. 그래서 여자의 얼굴은 무거운 옷자락에 파묻혔다. 나는 얼이 빠져 함께 고함을 쳤던가. 그렇다, 나는 오늘 내가 죽여야 할 놈을 기다리면서 혀가 없는 입술로 바윗돌을 핥듯, 발길에 차여 벽에 쓰러진 채 소금을 핥기까지 두려움에 떨며 우상을 향해 소리쳤다.

이제 태양이 중천을 지났다. 뜨거운 하늘에 태양이 뚫어 놓은 구멍이 바위틈에서 보인다. 내 입처럼 수다스러운 그 입은 무색의 사막 위에 쉴 새 없이 불길을 토해 내고 있었다. 내 눈앞의 임시 도로에는 아무것도 안 보였다. 지평선에는 먼지 한 점 없다. 내 뒤에는 그놈들이 나를 찾아 뒤쫓아 오고 있다. 아니, 아직은 괜찮다. 정오가 훨씬 지나야만 놈들은 문을 열었다. 나는 온종일 우상을 모신 집을 깨끗이 하고, 제물을 다시 바꿔 놓고 나서 잠시 밖으로 나올 수 있었다. 저녁에 의식이 시작되었는데 나는 가끔 얻어맞기도 했지만, 어느 날은 얻어맞지 않고 무사히 보냈다. 나는 늘 우상을 섬겼다. 그 우상의 모습은 내 기억 속에, 그리고 이제는 희망 속에 선명하게 아로새겨져 있다. 어떠한 신도 그만큼 나를 사로잡고 나를 굴종시킨 적이 없었다. 밤낮을 가리지 않고 나의 모든 생활을 그에게 바쳤다. 고통도, 고통이 아닌 것도 ― 그것이 바로 기쁨이었다 ― 모두 그에게 바쳐야만 했다. 욕정까지도 그러했다. 거의 매일 바라보지 못한 채 듣기만 했던 비개성적이고 흉악한 놀음을 당하면서 욕정이 솟구쳤던 것이다. 나는 얻어맞지 않으려면 벽을 바라보아야만 했다. 그러나 나는 얼굴을 소금에 처박고 제단에서 움직이던 동물적인 그림자에 억눌려, 그 길고긴 고함소리를 듣고만 있었다. 목이 칼칼했다. 성(性)도 분간 못할 불같은 욕망이 내 관자놀이와 복부를 자극했다. 이런 식으로 하루하루가 지나갔다. 나는 날짜를 거의 분별하지 못했다. 마치 나날은 혹독한 더위와 소금에 절은 벽들의 음흉한 반사 속에 녹아 버리는 듯했다. 이제 시간이란 규칙적인 간격을 두고 고통이나 욕정의 아우성이 터져 나오는 무형의 흐름에 불과했었다. 내가 숨어 있는 이 바위를 지배하는 태양처럼 나를 지배하고 있었던 시간도 없는 기나긴 세월이었다. 지금 나는 그때처럼 불같은 욕망 때문에 울부짖었다. 악독한 희망이 내 몸을 불태운다. 나는 배반하고 싶다. 나는 총신(銃身)을 핥는다. 총 속의 넋을, 그 넋을 핥는다. 그렇다, 정말 그렇다. 놈들이 나의 혀를 자른 날, 증오가 불멸하는 넋을 나는 이제 찬양할 줄 알게 되었다.

뒤죽박죽이다. 더위와 분노에 취하여 내 총에 엎드려 이 무슨 광증이냐. 여기서 누가 허덕이고 있는가! 나는 빠져 나올 수 없는 이 더위, 이 공기를 참을 수가 없다. 나는 그를 죽여야만 한다. 새도 없고 풀잎도 없다. 돌, 메마른 욕망, 침묵, 그들의 고함소리, 제멋대로 지껄이는 내 마음 속의 혀, 그리고 그놈들이 나의 혀를 자른 후 물맛 같은 밤도 없는 황량하고 멀건 오랜 고통, 나는 그 신과 함께 나의 동굴에서 그 밤을 꿈꾸고 있었다.

신선한 별들과 어스름한 샘물이 있는 밤만이 나를 구해 줄 수 있었으며, 인간들의 악독한 신으로부터 나를 건져 줄 수 있었다. 그러나 줄곧 갇혀 있었기 때문에 나는 그 밤을

볼 수 없었다. 만약 그놈이 더 늦는다면 나는 적어도 밤이
사막에서 솟아올라 하늘을 뒤덮는 것을 볼 수 있었을 것이
다. 캄캄한 하늘에 펼쳐질 차가운 황금 포도밭 같은 밤, 거
기에서 나는 아늑하게 물을 마실 수 있을 것이고, 피가 통하
는 부드러운 살이 이제는 시원하게 해줄 수도 없게 된 검고
시든 상처 구멍을 물로 축여 줄 수도 있을 것이고, 나의 혀
대신에 광증이 생긴 그날을 마침내 잊을 수도 있을 것이다.
　더웠다. 열기로 푹푹 찌는 것 같았다. 소금이 녹고 있었다.
그렇게 여겨졌다. 공기는 나의 눈에서 부식하고 있었다. 그
때 마술사가 마스크를 벗고 들어왔다. 엷은 회색 빛깔의 누
더기를 허리에 감은, 벌거벗다시피 한 다른 여자가 그의 뒤
를 따라 들어왔다. 그 얼굴은 우상의 얼굴을 본떠서 문신했
는데, 얼빠진 듯 사나운 목각상 같은 표정을 지었다. 말라빠
진 납작한 몸뚱이었다. 그 마술사가 구석방의 문을 열었을
때 그 몸뚱이는 신 앞에 주저앉았다. 그러자 마술사는 나를
보지도 않은 채 나갔다. 더위가 방바닥에서 솟아올랐다. 나
는 움직이지 않았다. 그러나 여자의 육체는 꿈틀거렸고, 목
각상 같은 얼굴은 내가 가까이 다가갔을 때도 변하지 않았
다. 눈만 크게 뜨고 나를 노려보았다. 나의 발이 그 여자의
발에 닿았다. 그 몸뚱이는 말없이 둥그런 눈으로 여전히 나

를 바라보면서, 차츰차츰 자빠지더니 천천히 두 다리를 끌어 당겨 살며시 무릎을 벌렸다. 갑자기 많은 사람들이 들이닥치 더니 나를 여자에게서 떼어내고는 내 죄악의 국부를 무섭게 때렸다. 죄악이라니, 무슨 죄악이냐. 나는 웃었다. 죄가 어디 에 있고 덕이 어디에 있단 말이냐. 그들은 내 몸을 벽에 밀 어붙여, 강철 같은 손으로 나의 턱을 붙잡고, 다른 손 하나 가 입을 벌리고 피가 날 때까지 혀를 잡아 뺐다. 짐승 같은 소리로 으르렁거린 게 정녕 내 자신이었던가? 날카롭고 서 늘한, 그렇다, 서늘한 촉감이 내 혀 위를 스치는 순간 의식 을 잃었다. 의식을 되찾았을 때, 어둠 속에서 벽에 붙이고 굳어 버린 피와 함께 혼자 있는 것을 깨달았다. 이상한 냄새 가 나는 건초로 만든 부리망이 내 입을 틀어막고 있었다. 입 에서 피는 멎었다. 그러나 입 속은 텅 비어 있었고 텅 빈 공 간에는 쓰라린 고통만 살아 있었다. 나는 일어서려고 했다가 다시 쓰러졌다. 나는 기뻤다. 드디어 죽을 수 있다는 절망적 인 기쁨이었다. 죽음도 또한 상쾌한 일이었다. 그리고 죽음 의 그늘에는 어떠한 신도 깃들어 있지 않았다.

나는 죽지 않았다. 새로운 증오심이 생겨나더니, 나는 일어 서는 것과 거의 동시에 곧바로 골방 문을 향해서 걸어가 그 문을 열고 등 뒤의 문을 도로 닫았다. 나는 동족이 미웠다.

우상이 거기에 있었다. 내가 갇힌 동굴에서 기도보다 훨씬 더 훌륭한 것을 나는 감행했다. 나는 우상을 믿게 된 것이다. 내가 지금껏 믿어온 모든 것을 나는 부정했다. 나는 구원을 받았다. 그 우상은 힘이 있었고, 권력이 있었다. 사람들은 그것을 부숴 버릴 수는 있지만 개종시킬 수는 없다. 그는 내 머리 저편을 바라보고 있다. 경배하라. 그가 상전이고, 유일한 신이다. 그 신의 속성은 의심할 여지없이 악독함 그 자체였다. 선량한 상전이란 있을 수 없다. 처음으로 모욕을 당하다 못해 한결 같은 고통으로 몸은 비명을 질렀고, 나는 마음을 신에게 바치고 그의 악독한 원리를 인정했다. 나는 이제 이 세상에 적용되는 악의 원칙을 찬양하게 되었다. 소금산을 깎아서 만들어진 메마른 도시, 자연에서 격리되어 세상으로부터 단절된 도시, 직각으로 네모진 방들, 뻣뻣하기 짝이 없는 사람들…… 이런 질서로 구축된 도시 왕국의 죄수인 나는, 자연스럽게 증오에 가득 차고 학대받는 왕국의 시민이 되었다.

나는 내가 배운 기나긴 역사를 부정했다. 사람들은 나를 속였다. 오직 악의 지배만이 빈틈없었다. 사람들은 나를 속였다. 진리는 네모지고 무겁고 짙었다. 진리는 뉘앙스를 갖고 있을 수 없다. 선은 몽상이며 아무리 노력하고 추구해도 줄곧 지연되는 기도(企圖)이며 사람이 결코 이를 수 없는 경지이므로 신을 지배하기란 불가능하다. 악만이 그 한계까지 도달할 수 있으며 절대적으로 세상을 지배할 수 있다. 눈으로 볼 수 있는 그 왕국을 건설할 수 있도록 우리가 섬겨야 할 것은 바로 악이다. 그 다음 일은 다시 생각해 봐야지. 그 다음이 다 뭐냐, 악만 현존한다. 유럽을 타도하자, 이성이여 무너져라. 그리고 명예와 십자가도 무너져라. 그렇다, 나는 내 상전들의 종교로 개종을 해야만 했다. 그래, 나는 노예였다. 그러나 나 또한 악하다면, 나는 더 이상 노예가 아니다. 아무리 발에 쇠사슬이 감기고, 벙어리라 해도 노예는 아니다. 오, 더워서 미칠 것 같다. 견딜 수 없는 햇빛 아래, 사막은 도처에서 비명을 지르고 있다. 그리고 그 사람, 그 이름만 들어도 인자하신 구세주라는 분, 나는 그를 부정한다. 이제 나는 그를 알았기 때문이다. 나는 꿈꾸고 있었고 속이려고 했다. 그의 말이 다시는 세상 사람을 속이지 못하도록 그의 혀를 잘랐다. 그의 머리까지 못 박은 것이다. 마치 지금 나의 머리처럼 가엾은 그의 머리까지도. 이 무슨 혼돈스러움인가. 피곤하다. 그런데 땅은 흔들리지 않았다. 그것은 틀림없다. 죽은 것은 의로운 사람이 아니었다. 나는 믿지 않을 것이다. 옳은 사람이란 없다. 무자비한 진리를 군림케 하는 악의 상전들만 정당하다. 그렇다. 우상만이 권력을 갖고 있다. 그는 이 세상의 유일한 신이다. 증오는 그의 율법이며 온 인생의 원천이고 시원한 물이다. 입을 식히고 위를 달구어 주는 박하사탕처럼 시원한 물이다.

나는 변했다. 그들도 그것을 알아차렸다. 그들을 만날 때면 나는 그들의 손에 입을 맞추었다. 꾸준히 그들을 찬양하며 그들 편이 되었다. 나는 그들을 믿었다. 나는 그들이 나의 혀를 자른 것처럼 동족들의 혀를 잘라주기를 원했다. 선교사가 온다는 것을 알았을 때, 나는 내가 해야 할 일을 깨달았다. 여느 때와 다름없는 그날, 오래 전부터 계속해서 눈이 부신 그날이었다! 오후 늦게 한 감시원이 분지의 높은 기슭을 달리고 있는 게 보였다. 몇 분 후 나는 문이 닫힌 우상의 방으로 끌려갔다. 그놈들 중의 하나가 십자가 모양을 한 칼로 위협하고 나를 땅바닥에 주저앉혔다. 오랜 침묵이 이어졌다. 그리고 알 수 없는 소음이 그동안 적막했던 마을을 뒤흔들어 놓았다. 나의 감시원은 묵묵히 나를 노려보았다. 그때 두 사람의 음성이 가까이 다가왔다. 그 소리는 여태까지 나의 귓전에서 사라지지 않고 있다. 한 사람이

"중위님, 왜 이 집에는 문지기가 없을까요. 문을 때려 부숴 보면 어떨까요?"

하고 물었다.

"아니야."

하고 다른 사람이 짤막하게 대답하고는 잠시 후에 덧붙여 말했다. 협정이 성립되어, 이 도시에 주둔군 20명이 성벽 밖에서 주둔하는 것을 승낙했다는 것이었다. 병사는 웃으며

"그들이 항복하는가 봅니다."

하고 말했다. 그러나 장교는 모르는 일이었다. 어쨌든 처음으로 아이들의 병을 돌보아줄 사람을 받아들이기로 했는데, 아마 그것은 종군 신부가 도맡을 것이요, 영토 문제는 이차적인 문제라는 것이었다. 병사는 만약 군대가 없다면 놈들은 신부에게서 그것을 베어낼 게 아니냐고 물었다.

"그럴 리가 없어, 베포르 신부가 주둔군보다 먼저 도착할 거야. 이틀 후에 여기에 올 거야."

하고 장교가 대답했다. 그 이상은 아무것도 들리지 않았다. 나는 꼼짝도 못하고 칼날 아래 주저앉아 괴로워했다. 바늘과 칼의 쳇바퀴가 내 마음속에서 돌고 있었다. 그들은 미쳤다. 이 도시에 누를 수 없는 권력이 진정한 신에게 손을 대도록 내버려 두다니. 이제부터 올 사람은 혀를 자르지는 않을 것이었다. 그는 모욕도 받지 않고 힘도 들이지 않고 거만스러운 선량함을 자랑할 것이었다. 악의 지배는 늦어질 것이다. 다시 의문이 생길 것이다. 사람들은 또다시 불가능한 선(善)

을 꿈꾸고, 가능한 유일한 왕국이 생기도록 재촉하는 대신, 결실 없는 노력을 기울이며 시간을 허비하려고 한다. 나는 나를 위협하는 칼을 보고 있었다. 오, 세계를 지배하는 유일한 힘이여! 오, 힘이여! 마을은 점점 조용해지고 마침내 문이 열렸다. 나는 혼자 흥분하고 분한 마음으로 우상과 함께 남았다. 그리고 나는 나의 새 신앙, 나의 진실한 상전들, 포악한 나의 신을 구하고, 무슨 일을 치르더라도 모든 다른 것을 다 배반하리라고 우상에 맹세했다.

더위가 좀 가라앉았다. 돌은 더 이상 진동하지 않았다. 이제 이 구덩이 밖으로 나가면 사막이 누렇다가도 황갈색으로 변하고 곧이어 자홍색으로 변하는 광경을 볼 수 있을 것이다. 어젯밤, 나는 그들이 잠들기를 기다렸다가 문의 자물쇠를 비틀어 놓았다. 밧줄로 묶였을 때의 걸음걸이로 나는 밖으로 나갔다. 나는 거리를 잘 알고 있었다. 낡은 총이 어디에 있고 어떤 출입구에 문지기가 없는지도 알고 있었다. 한 주먹밖에 안 되는 별들 주변에서 어둠이 밝기 시작한다. 사막의 풍경이 약간 짙어지기 시작한 무렵에 나는 여기에 도착했다. 이렇게 바위에 엎드려 며칠을 보낸 것 같다. 빨리, 빨리, 오, 그가 빨리 왔으면! 좀 더 있으면 그들이 나를 찾아나설 것이다. 그들은 사방의 도로로 쏜살같이 뛰어갈 것이다. 그들은 내가 그들을 위해, 그들을 더 잘 섬기기 위해 내가 떠나온 줄은 모를 것이다. 나의 다리는 굶주림과 증오로 아무런 힘이 없었다. 옳지, 저기 저 도로 끝에서 낙타 두 마리가 점점 커져 온다, 달려오고 있었다. 벌써 짧은 그림자가 생겨서 이중으로 보였다. 낙타들이 늘 그렇듯이, 날쌔고 꿈꾸는 듯이 달려오고 있다. 드디어 왔구나, 왔어!

총을, 빨리, 나는 서둘러 총을 잰다. 오, 나의 신 우상이여, 그대의 힘이 유지되고, 모욕당하는 일이 더 늘어나고, 저주받은 세계에서 증오가 무자비하게 지배하고, 악인이 영원히 상전이 되고, 소금과 무쇠의 도시에서 검은 지배자가 무참하게 사람들을 굴복시키고 소유할 왕국이 마침내 이루어지게 하소서! 자, 연민을 쏘아라, 무기력과 자비를 쏴라, 악의 도래를 늦게 만드는 모든 것을 쏘아 버려라. 마구 쏘아라. 그들이 나자빠진다. 낙타들은 곧장 지평선 쪽으로 도망친다. 지평선에서는 검은 새떼가 끓어올라, 변함없는 하늘로 온천의 물처럼 치솟았다. 나는 웃고 또 웃었다. 저놈, 밉살스러운 교복 속에서 몸부림치고 있다. 그는 고개를 좀 들고 나를 보았다. 발목에 쇠사슬이 매달린 전지전능한 신인 나를. 왜 미소를 지을까, 저 미소를 짓눌러 버려야겠다! 저 선량한 낯짝을 개머리판으로 후려갈기는 소리는 듣기도 좋다. 오늘, 결국 오늘, 모든 게 이루어졌다. 그리고 사막의 구석구석에서, 앞으로 몇 시간 동안 자칼*들은 바람 냄새를 맡다가 그들을 기다리는 해골을 향해 끈기 있고 짧은 속보로 걷기 시작할 것이다. 만세! 나는 두 팔을 하늘로 쳐들었다. 하늘도 애틋한 듯 보랏빛 그림자가 맞은 편 끝에 있는 것 같다. 오, 유럽의 밤들, 조국, 유년 시절이여……, 왜 나는 승리한 이 순간에 울어야만 하나?

그가 움직였다. 아냐, 소리는 딴 곳에서 들려오는데. 저쪽 끝에서 그들이 온다. 그들이 검은 새처럼 날아온다. 나의 상전은 내게로 다가와서 나를 사로잡는다. 아아! 그래, 때려라. 그들은 자기네 마을이 수사 받고 요란해지는 걸 두려워한다. 그들은 내가 성스러운 마을로 불렀던 복수심에 불타는 병사들을 두려워한다. 그러나 그건 필요한 일이었다. 자, 이제 너희들을 방어하라, 때려라. 나를 먼저 때려라. 너희들은 진리를 가졌다! 오, 나의 상전들이여, 그들은 다음에 병사들을 패배시킬 것이다. 그들은 말씀과 사랑을 굴복시킬 것이다. 그들은 사막을 거슬러 올라가 바다 건너, 그들의 검은 베일로 유럽의 광명을 덮어버릴 것이다. 나를 때려라. 그렇지, 눈을 갈겨라. 그들은 대륙에다 그들의 소금을 뿌릴 것이

---

* 열대지방에서 서식하는 늑대의 일종.

다. 모든 식물과 모든 젊음이 사라질 것이다. 발목 묶인 병어리 떼가 진정한 신앙의 잔인한 태양 아래서, 이 세계의 사막에서 내 곁을 걸어 다닐 것이다. 나는 그렇게 되면 외롭지는 않을 것이다. 아! 이 아픔, 그들이 주는 고통, 그들의 분노가 좋다. 그들이 지금 나의 사지를 갈기갈기 찢고 있는 이 사형대에서 가엾게도 나는 웃고 있다. 나를 십자가에 못을 박는 그 소리가 듣기 좋다.

사막은 고요하기도 하다! 벌써 밤이 되었고, 나는 고독하다. 목마르다. 더 기다려야 한다. 마을은 어딘가? 멀리서 들리는 저 소리는? 아마 승리한 병사들일까. 아냐, 그래서는 안 돼지. 병사들이 승리했다 쳐도, 그들은 철두철미하게 악하지 않다. 그들은 지배할 줄 모른다. 역시 그들에게 보다 선하게 되라고 말할 것이다. 수백만 인간들이 악과 선 사이에서 갈기갈기 찢기고 망설이게 될 것이다. 오, 우상이여, 왜 그대는 나를 버렸는가? 모든 것은 끝났다. 목이 마르다. 몸이 타오른다. 점차 어두워지는 밤이 내 눈을 가린다.

이 기나긴 꿈, 나는 깨어난다. 아니, 나는 죽어가고 있다. 새벽이 밝아온다. 다른 사람들에게는 최초의 빛인 먼동, 나에게는 가혹한 태양일뿐이다. 누가 말을 해, 아무 것도 아니군.

하늘도 입을 열지 않는다. 신은 사막에 대고 말하지 않는다. 그런데도 어디서 들려오는 말일까.

"네가 증오와 힘을 위해 죽는 데 동의한다면, 누가 우리를 용서해줄 것인가?"

"용기를 내, 용기를, 용기를 내라구!"

라고 되풀이 하는 건 내 마음속 또 다른 혀인가? 아니면 아직도 죽기 싫어하는 내 발 밑에 쓰러진 자의 목소리인가? 아! 또 한 번 속아 버린 것이라면! 지난날의 형제 같았던 사람들, 유일한 의지요, 고독이여, 나를 저버리지 말아다오! 여기 누군가가 있구나. 넌 누구냐? 찢기고 피투성이가 된 입, 바로 요술쟁이, 너로구나. 병사들이 너를 무찔렀구나. 저기서 소금이 타오르고 있다. 내가 가장 사랑하는 나의 주인이로구나. 그 증오에 찬 얼굴을 버려라. 이제는 착해져라. 우리는 속았었다. 다시 시작하자. 우리는 자비심에 찬 도시를 다시 건설해야 한다. 나는 집으로 돌아가고 싶다. 그래 좀 도와줘. 그래, 손 좀 내밀어주렴……

지껄이는 노예의 입을 한 움큼의 소금으로 틀어막았다.

부조리한 현실과 주체적인 삶의 희열

다시 펼친 「이방인」의 세계

유 임 하(한국체육대학교)

1.

위쇼스키 형제가 감독한 「매트릭스」(1990)는 20년이 지난 지금에도 여전히 흥미로운 영화이다. 2199년 지구를 배경으로 인공두뇌를 가진 컴퓨터(AI: Artificial Intelligence)가 지배하는 암울한 현실을 그려낸 이 영화는 화려한 그래픽 화면으로도 영화사에서 신기원(新紀元)을 이룬 것으로 평가된다.

태어나자마자 AI가 만들어놓은 인공 자궁 안에 갇혀 AI의 생명 연장을 위한 에너지로 사용되는 인간들의 모습, AI에 의해 뇌세포에 입력된, 매트릭스라는 1999년의 가상현실을 담은 입력 프로그램에 의해 세상은 평화롭다(?). 인간들은 매트릭스 프로그램에 따라 1999년의 가상현실을 살아가고, 인간의 뇌는 살아가는 동안 AI의 철저한 조종을 받는다. 인간들이 보고 느끼는 것은 모두 AI의 검색 엔진에 노출된다. 인간의 특정한 기억 또한 AI에 의해 입력되거나 삭제된다. 가상현실에서 인간은 현실의 진실된 면모를 인식할 수가 없다. 그러나 매트릭스 바깥에는 가상현실에서 깨어난 인간들이 AI에 저항하며 인간 세상을 지키기 위한 전선이 펼쳐진다. 그곳엔 AI에게 인류 역사상 가장 위험한 인간으로 알려진 모피어스와 그들의 동료가 AI에 맞서 싸우고 있다. 이들은 광케이블을 통하여 매트릭스에 침투하고, 매트릭스 프로그램을 응용하여 자신들의 뇌에 온갖 데이터를 입력한다. 그들의 목표는 인류를 구원할 영웅을 찾아내는 데 있다. 마침내, 이들은 AI 통제요원인 스미스의 삼엄한 경계를 뚫고 매트릭스 안에 들어가 오랫동안 찾아 헤매던 '그'를 찾는다. '그'는 바로 유능한 컴퓨터 프로그래머이자 해커인 '토머스 앤더슨'. 낮에는 평범한 회사원으로 살아가지만, 밤마다 '네오(Neo-신인류)'라는 이름으로 컴퓨터 해킹에 나서고, 모피어스(Morpheus-그리스 신화에 나오는 '잠의 신')에게서 매트릭스에 대한 단서를 얻는다. 알 수 없는 두려움 속에 매트릭스의 실체를 차츰 알아가는 네오는, 어느 날 매혹적인 여인 트리니티(Triniti-삼위일체)의 안내로 숨겨진 세계에 진입한다. 매트릭스 바깥 세계와 접속한 네오는 꿈에서 깨어나 AI에게 양육되고 있는 인간의 비참한 현실을 확인하고 나서 마침내 매트릭스의 굴레에서 벗어난다.

등장인물들의 이름에서도 알 수 있듯이 신화적이고 철학적인 시선을 도입한 데에는 인도 출신 영화감독 형제의 독특한 작가의식이 한몫하지만, 키아누 리브스가 인류를 구원하는 전사로 거듭나는 남자 주인공 역을 맡아 화려한 액션을 선보이는 것도 볼거리이다. 영화가 제기하는 철학적인 문제 제기는 장자(莊子)의 호접몽(胡蝶夢)이다. '꿈 속 나비는 꿈꾸는 나비인가 나인가'라는 문제의식이 바로 그것이다. 영화의 스토리 전체는 우리가 살아가는 세계가 꿈인가 현실인가 하는 약간은 도발적인 문제 제기이다.

매트릭스로 대변되는 현실의 완강한 고리는 더도 없이 평온한 일상의 나날이 꿈일지도 모른다는 발칙한 상상을 불러온다. 우리가 살아가는 세계에서 간절하게 바라는 소망이 인공지능, 특정 이념의 지배를 받는 가상일지 모른다는 생각은 저 멀리 장자의 호접몽에 연원을 두고 있다. 오늘의 우리가 프로그래밍된 미래를 위해 온갖 고통을 감수하며 살아간다는 전제야말로, 영화가 제기하는 근본적인 물음에 해당한다. 빛과 어둠의 두 가지 톤으로 된 매트릭스 바깥 세계가 시종 어둡고 불온하며 무거운 분위기를 이룬다. 반면, 매트릭스 안의 세계는 천연색의 화려함과 평온함으로 덧칠되어 있다. 두 개의 세계가 상충하는 이미지인 것은 가상현실이 제공하는 삶의 판타지가 그만큼 화려하고 우리의 삶이 가진 진실은 그만큼 불편하고 암울하다는 사실을 간접적으로 일러준다. 영화 「매트릭스」는, 다양한 가치들이 존속하는 세계가 아니라 하나의 가치가 일방적으로 강요하는 우리 사회의 현실에서 문제들을 숙고할 수 있게 해준다. 영화에서 '매트릭스'로 대변되는 관리 감독의 거대한 감시망은 '애슬론'이라는 세계 정보감시 기구가 현존하는 현실에서는 그리 낯선 발상만도 아니다. 위키리크스가 국가의 거대한 음모와 비밀을 폭로하는 전문 사이트로 지난 2010년 세밑을 달구었다는 걸 상기해 보아도 그러하다. 거대한 네트워크인 인터넷과 스마트폰이 새로운 인간문화를 선도하는 총아로 각광받는 지금, 영화 「매트릭스」가 질문하는 '우리는 꿈꾸는 것인가 꿈을 이루어는 것인가, 지금의 현실이 꿈속의 꿈인가 아니면 현실인가'의 문제가 마냥 지나쳐버려도 좋을 대목은 아니다. 이런 문제를 곱씹는 까닭은 '대체 어떻게 삶을 살아야 인간다운 삶인가'라는 근본적 질문이 우리를 보다 인간답게 살게 만들어주기 때문이다.

부모와 교사가 속삭이는 일류대학 진학의 꿈도, 종교에서 설파하는 사랑과 자비와 구원도, 사실 인간다운 삶을 살아가기 위한 어떤 조건들에 지나지 않는다. '이웃을 네 몸과 같이 사랑하라!'는 성경의 가르침도 실상 그러한 삶을 살아가고 싶은 의지와는 별개로 어렵고 힘든 일에 틀림없다. 자비의 실천, 인의 베풂에 이르기까지 그것을 실현하고자 했던 성인들의 길은 한결같이 이방인으로 취급하며 기성의 가치를 뒤흔드는 불온한 것으로 취급되었다. 그만큼 통념이라는 현실의 벽은 높다. 영화 「매트릭스」에서 보여주는 장면처럼 완강한 감시와 처벌이 기다리고 있기 때문이다. 바로 이것이야말로 인간 사회가 진정한 가치로부터 소외된 하나의 단서를 보여주는 것이 아닐까? 해커 네오가 매트릭스의 거대한 일망감시망을 접한 뒤 쫓기는 자의 몸이 되는 것도 진실에 다가설 때 오히려 그것으로부터 눈감고 있는 다수의 삶을 지속하는 질서와 안녕을 해칠지 모른다는 경찰국가의 진실된 면모라고 보는 편이 옳다. 불편한 진실을 은폐한 채 일상의 평온함을 사회적 질서로 간주하는 태도야말로, 알베르 카뮈의 표현을 빌려 말하면, 현실의 '부조리'이다.

2.

알베르 카뮈의 출세작 「이방인」(1942)은 현실의 부조리를 깊이 통찰한 작품이다. 카뮈는 1957년 노벨상을 받은 후 교통사고로 1960년 갑작스런 죽음을 맞이한 실존주의 계열의 작가이다.

「이방인」에서 작가는 세 가지 정도의 문제를 제시하고 있다. 첫째는 현실의 삶에 대한 낯선 감정, 곧 '현실의 삶은 귀양살이'라는 심정에 대한 예술적 표현이다. 작가는 무미건조하고 권태로운 삶에 대한 회의를 감옥과도 같은 상황, 감옥에 갇히는 상황과 연결시키고 있다. 둘째, 인간의 죄의식에 관한 문제이다. 작품에서 제시한 죄의식은 우리가 사회적 통념으로 생각하는 인간과 삶에 대한 가치 판단이 얼마나 자의적인가 하는 문제와 연관된다. 덧붙여 자신의 삶만큼 타자의 삶도 소중하다는 생각에 이르면 무의미한 범죄행각은 발생하기 어렵다. 뫼르소는 그러한 점에서 자신을 포함하여 타인의 삶이 가진 가치에 눈뜨지 못한 인간 유형에 속한다. 그가 가진 죄의식의 출처는 인간됨과 타자에 대한 배려 사이에서 생성되는 일종의 간주관적인 상호의식에 가깝다. 셋째, 이 작품은 사형제도에 대한 부당함을 보여준다. 실제로 카뮈는 사형 제도에 많은 관심을 가지고 있었다.

작품의 내용은 크게 둘로 이루어져 있다. 제1부는 무역회사를 다니는 평범한 회사원 청년 뫼르소가 양로원에 계신 어머니의 부음을 듣고 장례식에 가는 데서 시작된다. 그는 어머니의 부음을 접하고 나서 '마랑고'의 양로원으로 향한다. 장례식에서도 그는 어머니의 죽음에 슬퍼하지도 눈물 한 번 흘리는 법도 없이 무덤덤하게 장례를 치른다. 그런 다음 집에 돌아온 그는 우연히 만난 회사의 옛 동료 마리와 함께 영화를 보고 잠자리까지 함께한다. 어머니의 죽음과 무관한 뫼르소의 행동은 권태와 무감각에 빠진 청년의 심리를 특징적으로 보여준다. 권태로운 일상은 뫼르소가 사귄 친구들과 함께 해변 별장에서 밤새워 놀고 술 취한 여흥의 시간을 보내다가 해수욕을 하고 그런 일상에서 한 아랍인을 권총으로 살해하고 마는 지경으로 이어진다.

제2부에서는 뫼르소가 교도소에서 수감되어 검사와 판사로부터 심문을 받고 사형 선고를 받은 후 소소한 면모를 제시하고 있다. 그는 아랍인을 살해한 죄목으로 감옥에서 국선 변호사로부터 평범한 일상인임을 내세워 중죄에서 벗어날 방도를 모색하는 것도 포기한다. 검사는 취조과정에서 모친의 장례식에서 보여준 무덤덤함이야말로 무신론자로서 인간성이 마멸

된 존재로 판정하고 사회로부터 영원히 단절되어야 할 존재로 규정한다. 뫼르소는 평범한 일상을 사는 존재로서 삶의 가치를 미처 깨닫지 못했다는 점에서 사회로부터 ‘이방인’으로 규정되고 있다. 그는 사형 판결을 받고 마지막 면회를 온 신부에게서 종교에 귀의하도록 권유받지만 이를 거부한다. 감옥에서 죽음을 기다리며 뫼르소는 역설적이게도 삶의 진정한 가치, 살아 있다는 것에 대한 가치를 깨닫는다.

어떤 문학작품에서건 우리는 작가의 사상을 논리적인 학설의 형태로 만나지는 않는다. 작가의 사상은 작품 속의 인물이 가진 생각과 행동으로 접하게 된다. 인물이 생각하고 나누는 대화 속에 그리고 사건 속에 작가의 사상이 고스란히 녹아 있는 셈이다. 「이방인」에서 제기되는 문제 하나는 ‘다른 사람이 고통당할 때 우리가 행복해질 권리가 있을까(죄의식)’라는 무거운 질문이다. 뫼르소는 다른 이들의 슬픔과 불행에 관해 몰인정할 만큼 둔감했다. 이 때문에 그는 사형 선고를 받는 결과를 자초한다. 그러나 작가는 한 청년의 극단적인 사고나 행동에 주목하면서, 독자들에게는 타인들의 삶에 공감하지 않는다고 해서 그것이 과연 범죄인지를 낯선 방식으로 보여준다.

뫼르소가 택한 삶은 사실 우리가 선택하기 어려운 귀양살이에 가깝다. 햇빛 때문에 사람을 죽였다는 그의 마지막 변명은 법정을 웃음으로 가득하게 만든다. 검사는 어머니의 장례식에서도 슬퍼하거나 눈물조차 흘리지 않았다는 점을 들어 뫼르소를 반사회적인 인물로 판정한다. 이런 오해는 뫼르소의 생각이 평범한 사회인들의 생각과 다르다는 데 근본적인 원인이 있다. 이런 차이는 쉽사리 설명되기 어렵다. 그냥 우리가 뫼르소를 이상한 자라고 생각하면 그뿐이지만, 다른 사람들의 생각이 나와 같아야 한다는 것은 대단히 억압적인 발상에 지나지 않는다. 그러나 현실 세계에서 뫼르소와 같은 청년의 모습은 대단히 흔하다.

뫼르소는 삶에 대해 스스로 반성할 수 있는 능력을 지닌 인물은 아니다. 그는 자신의 삶에서 어머니의 죽음과는 무관하게 일상적인 삶을 무심히 살아갔을 뿐이다. 우리 역시 그렇지 않은가. 어머니께서 몸져누워 있어도 무덤덤하게 시험을 보러 가는 것을 포기하지 않듯이 말이다. 그는 죽음을 앞두고서야 어머니가 양로원에서 새로운 삶에 대한 희망을 포기하지 않고 새로이 남자친구를 사귀었던 이유와 가치를 공감하게 된다. 모친에 대한 뒤늦은 이해는 자신의 죽음을 앞두고서야 이루어진다는 점에서 대단히 상징적이다. 삶에 대한 그의 이해는 하나의 깨달음으로 발전한다. 곧 지금의 자신에게 필요한 것은 '감형'이나 '사면'이지 내세의 평안을 기원하는 위로가 아니라는 점에서, 그는 찾아온 신부의 마지막 권유조차 거부하고 있다. 그는 자신의 범죄에 후회하기보다 죽기 직전까지도 어떻게 삶을 살 것인가, 삶이 왜 값진 것인가를 생각했다. 누구든지 한 번씩은 죽게 돼 있다. 이렇게 보면 뫼르소는 타인에 의해 사형제에 의해 조금 일찍 죽는 것일 뿐이다.

3.

작품을 읽어 가는 도중에, 우리는 사형수가 된 뫼르소를 사회에서 몰아내야 할 존재라고 주장하는 검사의 말에 한 번쯤 의문을 가져볼 필요가 있다(여기에는 카뮈의 사형제도에 대한 생각이 간접적으로 담겨 있다). 우리 역시 얼마나 많은 편견으로 사람들을 쉽게 죄인으로 몰아붙이거나 단죄하는가. 뫼르소에게 검사의 논고가 "소경이 더듬는 행로와도 같은 것"으로 비추어지는 것도 바로 그런 편견에 대한 깨달음의 단면을 보여준다. 작가는 인간을 인간이 심판한다는 것 자체부터가 당사자에게는 진실과 거리 먼 판단이라고 생각하는 듯하다.

내가 뒤로 돌아서기만 하면 아무 일도 없을 것이라

고 생각되었지만 햇볕에 떨고 있는 해변이 내 뒤에서 나를 압박하고 있었다. 나는 샘가로 몇 걸음을 옮겼다. 아랍 사람은 움직이지 않았다. 그는 아직 그래도 내게서 꽤 멀리 떨어져 있었다. 아마도 얼굴 위에 덮인 그늘 탓이었던지 웃고 있는 것처럼 보였다. 나는 기다렸다. 뜨거운 햇볕에 뺨마저 달아오르고 땀방울이 눈썹에 맺히기 시작했다. 그건 어머니의 장례식을 치른 그날과 똑같은 태양이었다. 그날처럼 특히 머리가 아프고 이마의 모든 핏대가 피부 밑에서 지끈거리기 시작했다. 햇볕의 뜨거움을 견디지 못하여 나는 한 걸음 앞으로 나섰다. 나는 그것이 어리석은 짓이며 한걸음 몸을 옮겨 보았자 태양으로부터 한 치도 벗어날 수 없다는 것을 이미 알고 있었다. 그러는 순간 아랍 사람이 몸을 일으키지도 않고 단도를 뽑아서 태양빛을 받으며 내게로 칼을 겨누는 광경이 눈에 들어왔다. 햇빛이 칼날 위를 반사하자 번쩍거리는 칼날이 꼭 내 이마에 와서 부딪치는 것 같았다. 그와 동시에 눈썹에 맺혔던 땀방울이 한꺼번에 눈꺼풀 위로 주르륵 흘러내리며 미지근하고 두터운 막으로 눈을 덮어 버리는 것이었다. 눈물과 소금의 장막에 가려 나는 아무것도 보이지 않았다. 다만 이마 위에 울리는 태양의 제금 소리와 단도로부터 여전히 내 앞으로 비치는 눈부신 빛의 칼날을 느낄 뿐이었다. 그 뜨거운 검(劍)은 나의 속눈썹을 썰고 어지러운 눈을 파헤치는 것이었다. 모든 것이 동요한 것은 바로 그때였다. 바다는 답답하고 뜨거운 바람을 실어왔다. 하늘은 활짝 열리며 불을 쏟아 놓는 듯하였다. 나의 온몸이 긴장하여 권총을 힘 있게 움켜쥐었다. 나는 방아쇠를 당겼고 권총자루의 매끈거리는 배를 어루만졌다. 그 짤막하고도 요란한 소리와 함께 모든 것이 시작되는 순간이었다. 나는 땀과 태양을 떨쳐 버렸다. 한낮의 균형과 내가 행복을 느꼈던 해변의 특이한 침묵을 깨뜨렸음을 나는 깨달았다. 나는 쓰러진 몸뚱이를 향해 다시 네 발을 쏘았다. 총탄은 보이지 않게 깊이 박혔다. 마치 불행의 문을 두드리는 짧은 네 토막의 소리처럼 귓전을 울리며.(「이방인」, 84~85쪽)

소설은 이야기이기 때문에 이야기의 전개만을 알면 된다고 생각하는 사람들이 의외로 많다. 그렇지만 「이방인」은 이야기의 내용만 안다고 해서 본뜻을 이해하는 게 쉽지 않은 작품이다. 소설의 어떤 사건이, 혹은 작품 전체가 하나의 상징일 수 있다(이 점은 시를 읽는 방식과 마찬가지이다). 인용 부분은 뫼르소가 해변에서 아랍인을 쏘아 죽이는 장면이다. 이 장면은 작품을 이해하는 데 키(Key)에 해당한다. 뫼르소가 아랍사람이 겨눈 칼날, 그 칼날에 반사되어 비치는 날카로운 빛은 그의 이마를 욱신거리게 만든다. 그리고 그 햇빛은 어머니의 장례식 날과 비추었던 똑같이 뜨거운 햇빛이었다. 흘러내린 땀방울 때문에 그의 눈이 가려진다. 이마 위로 타는 듯한 태양의 요란한 빛과 단도에서 쏘아붙이는 빛은 한순간 그를 미치게 만든다. 바로 그때, 그는 권총을 힘 있게 쥐고 아랍인을 향해 방아쇠를 당긴다. 이것은 태양에 대한, 강렬한 빛에 대한 저항이라고 할 수 있다. 뫼르소에게서 인격적인 면모를 찾아내려는 이는 거의 없다. 그는 인격자는 아니기 때문이다. 어머니의 장례식에서도 눈물을 흘리지 않았으며 장례식 직후에는 곧바로 여자 친구와 해수욕을 한다거나 코미디 영화를 보러갔다는 점에서 그러하다. 이런 행동만큼이나 태양과 빛의 강렬함을 거부하는 것도 돌발적인 심리상황이다. 권총으로 아랍사람을 쏘아버린 행동에는 설명 가능한 특별한 동기가 없다. 우리도 어떤 잘못을 저지른 후 '그때 내가 왜 그랬지?' 하며 스스로 의문을 갖는 것처럼.

　작품 연구자들은 이 대목을 두고, 뫼르소가 자연스러운 충동에 가담한 것이라고 본다. 무슨 말인가. 그는 충동에 몸을 맡겼다는 것이다. 태양은 곧 자연이다. 빛의 강렬함과 그의 행동에서 드러나는 강렬함은 서로 통한다. 이런 자연적인 충동을 발산한 뫼르소는 사회적으로 용인될 수 없는 행동을 한 인물이다. 바로 이 점에서 그는 이방인이다. 이방인을 뜻하는 불어 '에뜨랑제 étranger'는 '이상하다 étrange(에뜨랑주)'는 의미

를 가지고 있다. 그러니까 뫼르소의 이해하기 힘든 이 돌발적
인 범죄 행위가 가진 이상한 특성이다.

　검사는 나의 영혼을 들여다보았으나 어떤 것도 찾아
볼 수 없었다고 배심원들에게 말했다. 영혼이라는 것을
나에게는 찾아볼 수 없고 인간다운 점이라곤 조금도 없
으며 인간의 마음을 보전하는 도덕적 원리가 나와는 모
두 인연이 멀다고 말했다.
　"아마도"
하고 그는 말을 이었다.
　"우리는 그걸 비난할 순 없을 겁니다. 그가 가질 수
없는 것이 그에게 없다는 사실을 나무랄 수는 없는 일
입니다. 그러나 이 법정에서는 소극적인 관용의 의기
(義氣)보다 더 높은 의기가 필요합니다. 특히 이런 사
람에게서 볼 수 있는 심리적 공허가 사회 전체를 삼켜
버릴 심연이 될 수 있으므로 더더욱 그렇습니다."
　그리고 또다시 어머니에 대한 나의 태도를 논했다.
변론 중에 한 말을 그는 다시 반복했다. 그러나 그것은
나의 범죄를 이야기할 때보다도 더 길었다. 너무 길어
져서 마침내 나는 너무 덥다는 느낌 밖에 아무 생각도
할 수 없게 되었다. (중략)
　여기에서 검사는 땀으로 번들거리는 얼굴을 닦았다.
끝으로 그는 자기 의무는 괴롭지만 단호히 그것을 수행

할 것이라고 말했다. 나는 사회의 가장 근본적인 율법을 무시하고 있으므로 이 사회와는 아무 관계도 없는 존재이며 인간이 가진 마음에서 가장 기본적인 반응도 모르는 사람이므로 인정에 호소할 수도 없다고 말했다.

"그러므로 나는 이 사람에 대하여 사형을 요구하는 바입니다. 사형을 요구해도 과하다고 생각지 않습니다. 짧지 않은 재직 기간 중에 나는 여러 번 사형을 요구한 일이 있었지만, 오늘 나는 이 괴로운 의무가 신성한 지상명령이란 의식을 느끼고 있으며 흉악함 외에는 아무것도 찾아볼 수 없는 이 한 사람의 얼굴을 앞에 놓고 느끼는 전율감에 당연히 요구할 것을 요구하고 있으므로 마음이 가볍습니다."(「이방인」, 137~140쪽)

아랍인에게 총을 쏘았을 때 뫼르소는 "땀과 태양을 떨쳐버"리고 "한낮의 균형"을 깨뜨려버린다. 그는 자신에 대해서도 이상한 일을 한 것이다. 그의 '이상한' 행위와 '이방인'의 모습은 여기에 그치지 않는다. 애인 마리가 그에게 끌리는 것도 실은 그의 '이상한 점' 때문이다. 뫼르소 스스로도 마리의 청혼을 받아들이면서 결혼에 대해서는 어떤 환상도 가지고 있지 않다. 이 또한 '이방인'으로서 가진 '이상한' 특질에 해당한다. 더구나 뫼르소의 이상한 인명 살해는 그 동기가 분명하지 않다. 뫼르소가 낯선 인물로 비추어지는 게 당연하다. 그리고 이 때문에 뫼르소는 변호사나 검사, 배심원들에게 많은 오해를 받는다. 뫼르소의 살해 동기는 사회적으로 이해를 구하고 판단하기 어렵다. 이는 살해 동기보다 뫼르소의 의식에서 일어나는 변화, 그에게 가해진 사회적 편견에서 의미를 찾아야 한다는 뜻이다. 범죄자 한 사람을 두고 검사가 내리는 사형 판결은 사실 진실과는 많은 거리를 둘 수 있다. 법의 심판이 억측과 편견에서 비롯되는 오해에 기초할 수도 있다는 것이 작가의 통찰이 담긴 부분이다.

앞서, 「이방인」의 주제 하나가 사형제도의 야만성을 비판했음을 언급한 바 있다. 뫼르소의 살해 동기는 도덕적으로나 윤리적으로 범죄자의 인성에서 비롯된 것으로 단죄하는 건 별로 의미가 없다. 그는 범죄자의 심리로 발현될 수 있는 가능성을 가진, 삶의 가치를 제대로 판별하지 못하는 무수한 일상인들의 삶을 살아가고 있기 때문이다. 하지만 검사의 논고는 뫼르소의 살인을 모친의 죽음과 연관시켜 반사회적인 인간으로 판정해버린다. 그의 판단에 따르면, 뫼르소는 어머니의 죽음에도 눈물을 흘리지 않고 신을 믿지 않는 흉악한 인성의 소유자이다. 이런 편견과 오해는 대부분 뫼르소 자신이 가진 삶의 가치에 대한 몰이해와 타자들의 삶에 대한 인식의 결핍, 범죄에 대해 참회하지 않는 태도에서 연유한다. 검사의 사형 논고처럼 공공의 안녕을 위해 인간 개인을 단죄할 수 있다는 관점은 작품에서 인간에 대한 신뢰라는 측면에서는 비정한 사회적 편견에 가까운 것으로 그려진다. 그런 점에서 작품은 사형제라는 제도가 과연 인간에 대해 정당하게 단죄할 수 있는가라는 의문을 갖게 한다.

4.

작품의 주제는 개별 주제인 개인이 처한 특수한 상황에 대한 의미를 발견하도록 만드는 데 있다. 작품은 특수한 상황에 처한 인간의 삶이 고정된 윤리나 도덕으로만 설명되기 어렵다는 점을 강조한다. 실존주의 철학에서는 우리 모두가 그런 설명 불가능한 상황, 곧 불가해한 현실에 내던져진 존재라고 본다. 개개인이 끝없이 직면하는 현실의 모순과 부조리함에 대해서 작품은 그 상황에 맞는 인간 본연의 신념에 바탕을 둔 실천 가능한 윤리를 모색하고 있다.

그렇다면 작품에서 사형 집행을 앞둔 뫼르소가 깨달음을 얻은 신념과 실천 가능한 윤리는 무엇인가.

교부가 나가 버린 뒤 내 마음은 다시 가라앉았다. 나는 기운이 없어 침대에 몸을 던졌다. 그리고는 잠이 들었던 모양이다. 왜냐하면 눈을 뜨자 별이 보였기 때문이다. 들판의 소리들이 내게 전해져 왔다. 밤 냄새, 흙 냄새, 소금 냄새가 관자놀이를 시원하게 해 주었다. 잠든 여름 그 신기한 평화가 파도처럼 내 속으로 흘러들었다. 그때 한밤 저 끝에서 사이렌이 울렸다. 내게 그것은 이제 영원히 관계없는 세계로 출발한다는 걸 알리는 음향으로 들렸다. 참으로 오랜만에 나는 어머니를 떠올렸다. 말년에 어머니가 왜 '약혼자'를 가졌는지, 왜 생애를 다시 꾸미는 놀음을 했는지, 나는 알 수 있을 듯했다. 생명이 꺼져 가는 그곳 양로원 주변도 저녁 시간은 서글픈 휴식 시간 같았을 것이다. 그처럼 죽음 가까이에서 어머니는 해방감을 느끼며 모든 걸 다시 살아 볼 마음이 생겼을 것이다. 어느 누구도 어머니의 죽음을 슬퍼할 권리는 없었다. 지금 나 또한 모든 것을 다시 살아서 볼 수 있을 것 같은 생각이 들었다. 커다란 분노가 내 괴로움을 씻어 주고 희망을 주기라도 하듯 기적과 별이 가득 찬 밤하늘을 바라보면서 나는 처음으로 세상의 다정한 무관심에 마음을 열었다. 세계가 나와 다름없고 형제 같다고 느끼면서, 나는 행복했고, 지금도 행복하다고 느꼈다. (이하 생략)

(「이방인」, 166~167쪽)

죽음을 앞둔 뫼르소가 사형이라는 굴레에서 벗어나 느끼는 삶의 해방감은 일상적인 존재들에게 이상스레 보일지 모른다. 그러나 그의 "희한한 평화"는 주체 스스로가 자신의 삶이 가진 가치를 판별했을 때 오는 법열(法悅)의 상태이다. 요컨대 그 상태는 현재에 누리는 세상에 살아 숨 쉬는 모든 것들과의 교감(correspondence)의 순간이다. 현실의 모든 회유와 의무들로부터도 자유로워진 이 상태는, 종교도 법도 사형 집행이 얼마 남지 않았다는 예감까지도 그가 누리는 평화를 침범하지 못한다. 그때서야 뫼르소는 각 개인들이 살아가며 누리는 무관심을 정다운 것으로 느낀다. 죽음에 임박해서 뫼르소는 어머니가 누린 해방감의 실체를 절감한다. 즉, 어머니가 죽음을 얼마 남겨두지 않은 상태에서도 약혼자와 새로운 생활을 설계하려 했던 것임을 이해하게 된다. 뫼르소의 소중한 깨달음은 바로 이것이다. 어머니는 생명이 꺼져가는 순간까지도 삶에 대한 희망을 불태웠던 것이다. 사형 집행을 앞둔 뫼르소가 "지금도 행복하다"고 느끼는 것도 현재 살아 있다는 존재의 감각에서 비롯된다.

우리는 삶에서 과거나 미래를 소유한 게 결코 아니다. 과거는 흘러가 버렸으므로 썰물 후에 남은 해변의 고인 물과 같이 추억의 폐허만을 보는 것이고, 미래는 아직 오지 않았으므로 우리의 소유가 아니다. 바로 그런 점에서 뫼르소는 지금 살아 있다는 것에 대한 가치를 새삼스레 깨닫고 행복감에 젖어드는 것이다.

5.

「이방인」은 평온한 일상을 살아가던 한 청년이 삶에 파문처럼 전달된 어머니의 부고와 함께 시작된다. 그 삶은 어머니의 삶을 이해하지 못한 채 나날의 삶을 흘려보내던 청년이 아랍 청년을 권총으로 살해하는 반사회적인 범죄를 저지르고 사회의 숱한 오해와 편견으로 얼룩진 부조리한 현실과 대면하기에 이른다. 우연처럼 찾아든 충동과 인간 살해 행위가 삶을 전락시키고 죽음을 임박하게 만든 작중 현실에서 작가는 삶의 진정한 가치란 과연 무엇인가를 되묻게 만든다. 죽음의 임박해서야 삶의 진정한 가치를 느낄 수 있다는 작품의 전제는 지금의 현실을 살아가면서 삶의 진정한 가치를 되새김질 하지 못하는 우리들에게 큰 반향을 불러일으킨다.

우리는 지금 이 순간에도 현재의 삶에 관하여 부족한 것들을 탓하고 불평하며 살아간다. 부족한 것들이 너무 많다는 생각은 자신에게 주어진 풍요로움마저도 못보게 만든다. 사형 집행을 앞두고서도 뫼르소가 추해 보이지 않는 데에는 특별한 이유가 있다. 그 특별함의 한 가지는 죽음이 앞에서 서성거린다고 해서 삶에 대한 희망까지 포기하지 않는 모습에서 찾을 수 있다.

이런 마음가짐은 행복이 멀리 있다거나 행복은 나와 상관없나든가 하는 생각과는 크게 다르다. 현재의 행복은 결국 마음가짐이며 스스로가 소중한 가치를 찾는 데서 얻어진다. 곧, 우리에게 주어진 '현재'라는 시간을 소중하게 여기고 죽음의 순간에도 결코 절망하지 않는 것이 중요하다. 뫼르소의 행복감은 현재에 충실한 삶의 자세이며 이것이 신념이 된다. 그 신념은 죽음조차 넘어서게 해준다.

작가 소개 – 알베르 카뮈

알베르 카뮈(Albert Camus, 1913년 11월 7일 ~ 1960년 1월 4일)는 1913년 알제리의 몬도비(Mondovi)에서 프랑스계 알제리 이민자로 태어났다. 카뮈는 가정교사, 자동차 수리공, 기상청 인턴과 같은 잡다한 일을 하였다. 그는 1935년 플로티누스(Plotinus)에 관한 논문으로 철학 학사 학위과정을 끝냈다. 1935년 카뮈는 프랑스 공산당에 가입했다. 1936년 좀 더 독립적인 성향의 알제리 공산당에 가입하였고, 이로 인해 공산당 동료들과의 관계가 악화되었다. 제2차 세계 대전 초기, 소위 포니 워(Phony war)라고 불리는 시기에 카뮈는 반전론자였으나 1941년 11월 15일 파리에서 베르마흐트(독일 육군)가 저지른 가브리에 페리의 처형을 목격하고 독일에 대한 저항을 결심했다. 이후 쓴 「이방인(異邦人)」, 「시지프스의 신화」로 사상가로서 인정을 받았고, 극작가로서는 해방 후 「오해」(1944)와 「칼리굴라」(1945)로 성공을 얻었다. 「계엄령」의 각색이 바로에 의해 상연되고, 그 다음에는 「정의의 사람들」이 나왔는데, 작품 수는 얼마 안 되지만 고전적 문체의 실존주의 연극으로 높은 평가를 받았다. 그 후에는 자작보다는 각색·번안 등에 힘을 쏟았다. 1949년에 폐결핵이 재발하여 2년간 은둔상태로 살았다. 1956년에 「전락」을 발표했으며 이듬해에 노벨문학상을 받았다. 이때가 44세였다. 1960년 1월 4일 카뮈는 상스(sens)에서의 차 사고로 급서했다. 카뮈는 인생의 부조리를 들춰내고자 하였으며 전체주의를 강력히 비판하였고, 길지 않은 생을 살다 간 작가였다.

번역 – 윤수민

전문번역가. 현재 출판기획을 하며 번역가로 활동 중에 있다. 원서가 주는 감동에 최대한 가깝게 읽는 이를 이끌어 주고 싶은 소망으로 번역 작업에 임하고 있다.

작품 해설 – 유임하

문학평론가. 한국체육대학교 교양과정부 교수.
대표 저서로 「한국소설의 분단이야기」, 「한국문학과 불교문화」 등이 있다.

국문학 교수들이 추천한 글누림세계명작선

이방인

초판 1쇄 발행 2011년 12월 26일

지 은 이 알베르 카뮈
옮 긴 이 윤수민
펴 낸 이 최종숙
펴 낸 곳 글누림출판사

진   행 이태곤
책임편집 전희성
편   집 권분옥 이소희 박선주 임애정
디 자 인 이홍주 안혜진
마 케 팅 박태훈 안현진
관   리 이덕성

주   소 서울시 서초구 반포4동 577-25 문창빌딩 2층(137-807)
전   화 02-3409-2055(대표), 2058(영업), 2060(편집)
팩   스 02-3409-2059
전자메일 nurim3888@hanmail.net
홈페이지 www.geulnurim.co.kr
등록번호 제303-2005-000038호(2005.10.5)

정   가 10,000원
ISBN 978-89-6327-174-3 04860
      978-89-6327-167-5(세트)

출력·알래스카 인쇄·신화프린팅 제책·동신제책사 용지·에스에이치페이퍼

*잘못된 책은 바꿔드립니다.